FANTASY

Die Welt der DRACHENLANZE
im Goldmann Verlag:

Die Chronik der DRACHENLANZE
1. Drachenzwielicht (24855) • 2. Drachenjäger (24856) • 3. Drachenwinter (24857) • 4. Drachenzauber (24858) • 5. Drachenkrieg (24859) • 6. Drachendämmerung (24860)

Die Legenden der DRACHENLANZE
1. Die Brüder (24861) • 2. Die Stadt der Göttin (24862) • 3. Der Krieg der Brüder (24863) • 4. Die Königin der Finsternis (24864) • 5. Der Hammer der Götter (24865) • 6. Caramons Rückkehr (24866)

Das Heldenlied der DRACHENLANZE
1. Das Ehrenwort (24587) • 2. Verrat unter Rittern (24589) • 3. Das Schwert des Königs (24591) • 4. Heldenblut (24593) • 5. Unter dunklen Sternen (24594) • 6. Die Stunde des Skorpions (24595)

Die Geschichte der DRACHENLANZE
1. Die Zitadelle des Magus (24538) • 2. Der Magische Turm (24539) • 3. Die Jagd des Todes (24540) • 4. Der Zauber des Palin (24541) • 5. Der edle Ritter (24542) • 6. Raistlins Tochter (24543)

Der Bund der DRACHENLANZE
1. Ungleiche Freunde (24867) • 2. Die Erben der Stimme (24868) • 3. Die Stunde der Diebe (24869) • 4. Finstere Pläne (24870) • 5. Das Mädchen mit dem Schwert (24871) • 6. Verspätete Rache (24872) 7. Schattenreiter (24673) • 8. Das Siegel des Verräters (24674) • 9. Stahl und Stein (24675) • 10. Das Schloß im Eis (24676) • 11. Der Zauber des Dunkels (24677) • 12. Die Jäger der Wüste (24678)

Die Krieger der DRACHENLANZE
1. Der Dieb der Zauberkraft (24816) •
2. Die Ritter der Krone (24817)

DRACHENLANZE – Die Neue Generation (24621)

Die Erben der DRACHENLANZE
1. Drachensommer (24708) • 2. Drachenfeuer (24718) • 3. Drachennest (24782) • 4. Die Grube der Feuerdrachen (24783)

Weitere Bände in Vorbereitung.

MARK ANTHONY & ELLEN PORATH

DER BUND DER DRACHENLANZE 2

Die Erben der Stimme

Aus dem Amerikanischen
von Imke Brodersen

DRAGONLANCE®

GOLDMANN

Die amerikanische Originalausgabe erschien
unter dem Titel »DRAGONLANCE® Saga, Meetings Sextet 1:
Kindred Spirits« (Chapters 15–31)
bei TSR, Inc., 1801 Lind Ave SW, Renton, WA 98055, USA

Umwelthinweis:
Alle bedruckten Materialien dieses Taschenbuches
sind chlorfrei und umweltschonend.
Das Papier enthält Recycling-Anteile.

Der Goldmann Verlag
ist ein Unternehmen der Verlagsgruppe Bertelsmann

Genehmigte Taschenbuchausgabe

U. S., CANADA,
ASIA, PACIFIC &
LATIN AMERICA
Wizards of the Coast, Inc.
P.O. Box 707
Renton, WA 98057-0707
+ 1-206-624-0933

EUROPEAN HEADQUARTERS
Wizards of the Coast,
Belgium
P.B. 34
2300 Turnhout
Belgium
+32-14-44-30-44

Visit our website at http://www.tsr.com

Published in the Federal Republic of Germany by
Wilhelm Goldmann Verlag, München
Deutschsprachige Rechte beim
Wilhelm Goldmann Verlag, München
Umschlaggestaltung: Design Team München
Umschlagillustration: Agt. Schlück/TSR
Satz: IBV Satz- und Datentechnik GmbH, Berlin
Druck: Elsnerdruck, Berlin
Verlagsnummer: 24868
Redaktion: Andreas Helweg
V. B. · Herstellung: SC
Printed in Germany
ISBN 3-442-24868-X

1 3 5 7 9 10 8 6 4 2

Meinen Dank an Sharon S. für eine geheimnisvolle Unterhaltung, an Sharon B., weil sie fragte, wie es mir geht, an Carl und Carla, die so wunderbare Primaten sind, und an meine Familie für all ihre Liebe und für den Glauben, daß ich es schaffen würde

Für Beth und all die Geschichten,
die sie mir vorgelesen hat.

M. R. L. Anthony

Für Eric und Jo,
die mich die Bedeutung von
»Carpe diem« gelehrt haben.

Ellen Porath

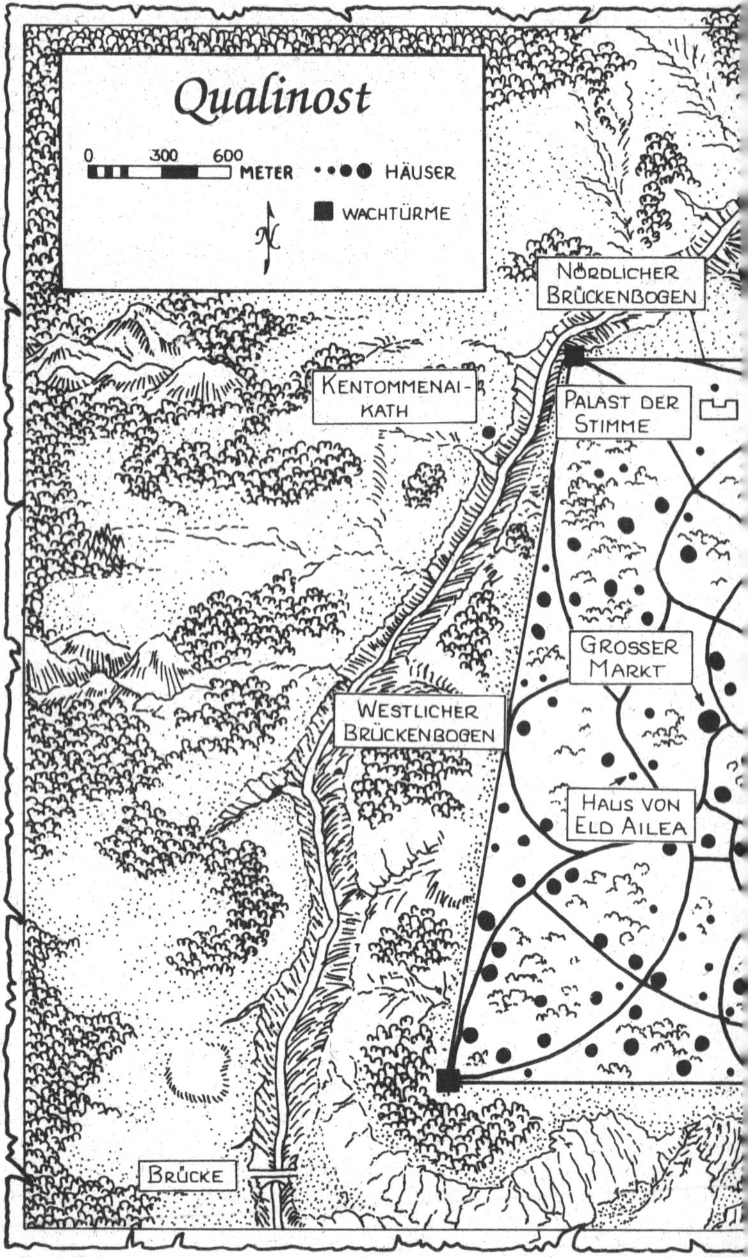
Qualinost
0 300 600
METER
HÄUSER
WACHTÜRME
N
NÖRDLICHER BRÜCKENBOGEN
KENTOMMENAI-KATH
PALAST DER STIMME
GROSSER MARKT
WESTLICHER BRÜCKENBOGEN
HAUS VON ELD AILEA
BRÜCKE

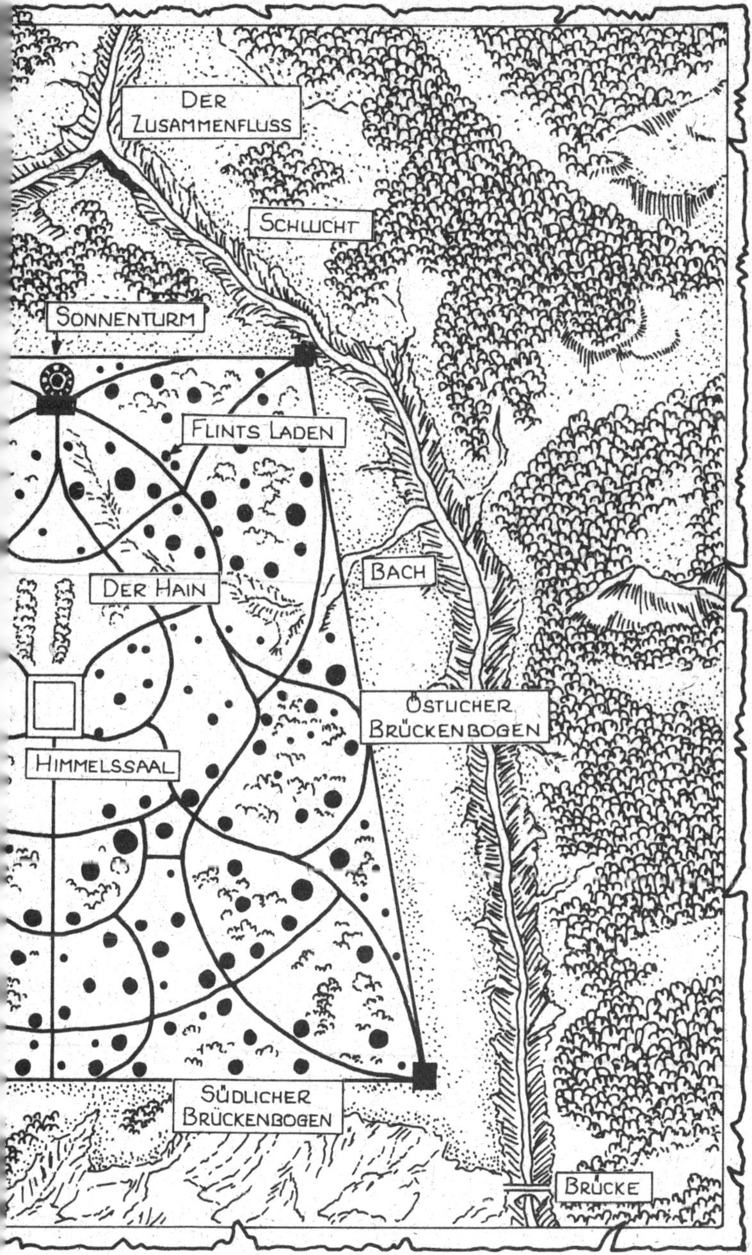
Der Zusammenfluss
Schlucht
Sonnenturm
Flints Laden
Der Hain
Bach
Östlicher Brückenbogen
Himmelssaal
Südlicher Brückenbogen
Brücke

Kapitel 1

Nächtliche Besuche

Tanis, mit einem Gesicht so finster wie die Nacht, war kaum bei Flint angekommen, als der Zwerg ihn gleich wieder durch die Tür schob und sie hinter ihnen zuschlug.

»Wo –?« protestierte Tanis, der über den Steinweg stolperte, der Laden und Straße verband. Sein Schwert, das er nicht mehr abgelegt hatte, seit Flint es ihm geschenkt hatte, schlenkerte in der Scheide an seiner Seite.

»Egal«, schalt der Zwerg, der vor ihm her eilte. »Komm schon.«

Die Frühlingsnacht war kalt, so daß nur wenige Elfen unterwegs waren, doch die zwei oder drei, die sich auf der Straße blicken ließen, starrten ihnen hinterher, während der Zwerg den Halbelfen erst die Straße vor Flints Laden entlang schleppte, über das Mosaik des Himmelssaals und dann durch eine Allee dahinter. Die Frühlingsdüfte – Erde, Pflanzen, Blüten – stiegen Tanis in die Nase, doch er achtete auf kaum etwas anderes als auf den Kopf des Zwergs, der vor ihm wackelte.

Schließlich blieb Tanis ruckartig stehen, hielt sich mit der freien Hand an einem Ast fest und ließ sich keinen Schritt mehr weiterziehen, weil Flint ihm ihr Ziel nicht verraten hatte.

»Wir besuchen eine Dame«, erklärte der Zwerg gereizt. Tanis schnitt ein Gesicht. »Eine Dame hat mir diesen Schlamassel eingebrockt, Flint. Bist du sicher, daß das so eine gute Idee ist?«

Flint verschränkte die Arme vor der Brust und blickte genauso widerborstig wie sein Freund. »Diese Dame kannte deine Mutter. Ich möchte, daß du sie kennenlernst.«

Tanis sperrte den Mund auf und sah den Zwerg entgeistert an. »Eine Menge Leute im Palast kannten meine Mutter. Was ist an dieser Frau so Besonderes?« wollte er wissen, während Ärger in ihm aufstieg. »Ist sie eine Zauberin? Kann sie meine Mutter von den Toten wiedererwecken? Was soll das, Flint?«

»Ach, laß das«, entgegnete der Zwerg wütend. »Willst du lieber niedergeschlagen in deinem Zimmer sitzen? Oder niedergeschlagen in meinem Laden sitzen?« Flint zupfte ihn am Arm. »Na, komm schon, Sohn.«

»Nein.«

Tanis war störrisch, und der Zwerg wußte, daß er mit Gewalt jetzt nicht weiterkam. »Na schön«, lenkte Flint ein. »Die Dame war dabei, als deine Mutter starb.«

Tanis merkte, wie ihn ein Schauer durchlief. »Hat sie dir das gesagt?«

»Nein«, entgegnete Flint. »Ich habe zwei und zwei zusammengezählt. Jetzt komm weiter.«

Zögernd ließ sich Tanis von dem Zwerg weiterziehen, jedoch etwas langsamer und ohne das Gezerre, das den ersten Teil ihres Marschs begleitet hatte. »Wer ist sie?«

»Eine Hebamme. Allerdings im Ruhestand.«

»Wo wohnt sie?«

»Weiß ich nicht.«

Tanis blieb wieder stocksteif stehen. »Und woher wissen wir dann, wo es hingeht?«

»Vertrau mir.« Die Stimme des Zwergs war kurz angebunden. Flint ging wieder weiter, und Tanis mußte ihm folgen oder zurückbleiben.

Minuten später traten sie durch die Bäume in die Westhälfte von Qualinost und hatten zunächst einmal einen guten Blick auf den Großen Markt. So spät abends war das offene Gelände völlig einsam. Aber auf der anderen Seite des Parks lagen Rosenquarzhäuser, die im blauen Abendlicht eine lila Tönung angenommen hatten.

Flint sprach einen mittelalten Elfen an. »Könnt Ihr mir sagen, wo ich die Hebamme Ailea finden kann?« fragte er, wobei er von der Anstrengung des bisherigen Weges keuchte.

»Eld Ailea?« wiederholte der Mann und blickte verwundert von Flint zu Tanis. »Da runter.« Er wies ihnen den Weg. »Verschwendet keine Zeit. Schnell!«

»Los, Tanis!« sagte Flint, bedankte sich bei dem Mann und marschierte in die Richtung, in die der Elf gezeigt hatte. »Der sah aber verwirrt aus.«

Tanis lächelte und fiel in Laufschritt, um mit dem kurzbeinigen Zwerg mitzuhalten. »Ich glaube, er hat sich gefragt, wer von uns beiden wohl Vater wird.«

Flints Schritt verlangsamte sich. »Also, das ist wirklich ein interessanter Gedanke«, meinte der Zwerg mit boshaftem Grinsen. »Ich hätte nichts dagegen, die Knirpse von dir und Laurana auf den Knien zu schaukeln. ›Onkel Flint‹ müßten sie zu mir sagen ...« Er hörte mit seinen Neckereien auf, als er das düstere Gesicht des Halbelfen bemerkte.

Bald kamen sie an eine Kreuzung. »Wo jetzt lang?« überlegte Flint. Er fragte eine Elfenfrau, die mit einem Korb voll Garn die Straße lang kam. Wortlos zeigte sie mit dem Korb auf ein hohes, schmales Quarzhaus mit einer grauen Granitschwelle und passenden Fensterrahmen. Das Erdgeschoß war dunkel, doch im ersten Stock drang ein warmes Licht durch die Fensterläden.

Tanis blieb stehen. »Flint, ich glaube nicht ...«

»Doch, natürlich«, sagte der Zwerg und klopfte an die Tür. Er schob Tanis vor sich und trat selbst in die Schatten zurück.

Sie warteten im Dunkeln und froren in der kalten Luft, während sie zusahen, wie im Haus eine Lampe anging, und hörten, wie Schritte die Treppe herunter und zur Tür kamen.

»Komme, komme, komme«, sang eine volle Stimme.

Bald ging die Tür auf, und Eld Ailea steckte ihr Katzengesicht heraus, um Tanis anzuschauen.

»Wie oft kommen die Wehen?« wollte sie wissen.

»Was?« fragte Tanis.

Ihre Stimme schlug einen ungeduldigen Tonfall an. »Wie lange hat sie schon Wehen?«

Tanis schluckte. »Wer?«

»Deine Frau.«

»Ich bin nicht verheiratet«, sagte er. »Das ist nämlich ein Teil des Problems. Laurana will ...«

Doch Eld Ailea hatte Flint entdeckt. Sie blickte von dem Zwerg zu Tanis, und auf ihrem Gesicht konnte man verfolgen, wie es ihr langsam dämmerte. Sie machte die Tür weiter auf. »Du bist Tanthalas«, flüsterte sie.

»Das bin ich.«

»Komm rein, Junge. Komm rein, Flint.«

Gleich darauf standen Halbelf und Zwerg in einem der überladensten Häuser, die Flint je gesehen hatte. Kleine Bildchen in Rahmen aus Holz, Stein oder Silber standen auf jeder ebenen Fläche, hingen an jedem Fingerbreit freier Wand. Selbst an der Rückseite der Haustür hatte die Hebamme Bilder befestigt. Fast alle Bilder zeigten Kinder – Neugeborene, Krabbelkinder, Kleinkinder. Auf einigen waren zur Abwechslung auch die Mütter mit abgebildet.

Eld Ailea schob ihre Gäste zu Polsterstühlen am Kamin, wo der Halbelf das Schwert abschnallte und die Waffe an die Steinmauer um die Feuerstelle lehnte. Dann machte die alte Elfin neues Feuer, ohne auf die Hilfsangebote der Besucher zu achten, und eilte geschäftig in die Küche, um alles für einen Abendtee zu holen.

Flint nahm eines der kleinen Gemälde von einem quadratischen Tischchen. Es zeigte ein neugeborenes Elfenkind mit hängenden Ohrspitzen, zum Schlaf geschlossenen Mandelaugen und winzigen Fäustchen, die es wie ein Eichhörnchen unters Kinn gezogen hatte. Unten links war als Initiale ein »A« zu sehen.

Ailea kam mit einem Teller dunkelbrauner Kekse mit Johannisbeerfüllung und Zuckerguß zurück. Flint schloß die Augen und atmete den Duft ein; es roch nach Ingwer und Gewürznelken. Diese Delikatessen würden das fehlende Bier wettmachen, beschloß er. Er stellte das Bild wieder auf den Tisch und bemerkte, daß ein paar von den Holzspielsachen, die er der Hebamme geschenkt hatte, daneben herumlagen.

»Oh, du hast Clairek gefunden«, frohlockte die Hebamme. »Die Tochter einer Freundin, erst letzten Monat geboren. Und das«, sie zeigte auf die anderen Miniaturen auf dem Tisch, »sind Terjow, Renate und Marstev. Alle im letzten Jahr zur Welt gekommen.«

»Ich dachte, du hättest dich zur Ruhe gesetzt«, äußerte Flint dazu.

Sie zuckte mit den Schultern, wobei eine Locke aus dem silbernen Knoten an ihrem Hinterkopf entwischte. »Kinder kommen immer zur Welt. Und wenn mich jemand braucht, werde ich nicht sagen: ›Tut mir leid, ich bin im Ruhestand.‹«

Nachdem schließlich beide Gäste einen ihrer Kekse geknabbert und eine Tasse Schwarztee getrunken hatten, wollte Eld Ailea das Teegeschirr auf dem kleinen Tisch abstellen, doch der war komplett mit Bildern und Spielzeug bedeckt. Sie sprach ein paar scharfe Worte in einer fremden Sprache, und – Flint blinzelte – plötzlich gab es ein freies Fleckchen in genau der richtigen Größe zwischen den Porträts. Dort stellte sie die Teekanne und den Keksteller in Reichweite ihrer Gäste ab und setzte sich dann auf einen kleinen Schemel. Sowohl Tanis als auch Flint sprangen auf, um ihr einen Polsterstuhl anzubieten, doch sie lehnte ab.

»Das hier ist besser für den Rücken einer alten Frau«, sagte sie augenzwinkernd.

Sie starrte Tanis an, als hätte sie auf diesen Augenblick jahrelang gewartet. Sie betrachtete eingehend und prüfend sein Gesicht und achtete dabei überhaupt nicht auf das Unbehagen des Halbelfen. Sie murmelte: »Die Augen seiner Mutter. Derselbe Schwung. Haben sie dir gesagt, Sohn, daß du Elansas Augen hast?«

Tanis sah beiseite. »Meine Augen sind braun. Sie sagen, daß ich Menschenaugen habe.«

»So wie ich, Tanthalas«, erwiderte Eld Ailea sanft. Das Licht des Feuers flackerte über ihr dreieckiges Gesicht, und ihre Augen verzogen sich humorvoll. »Ich habe auch die geringe Größe meiner menschlichen Vorfahren geerbt. In einem Wald von Elfen, die so groß wie Espen sind, bin ich ... ein Busch. Aber die Welt braucht wohl auch Büsche, glaube ich.«

Sie lachte fröhlich, doch der Halbelf schien nicht überzeugt. Dann fuhr sie fort.

»Ich bin teils Mensch, Tanthalas, aber ich bin auch teils Elf. Ich bin vielleicht klein, aber ich bin schlank – und das ist elfisch. Meine Augen sind rund und braun, aber mein Gesicht ist spitz wie das der Elfen. Sieh dir meine Ohren an, Tanthalas – elfisch, aber meine Haare trage ich wie eine Menschenfrau, was, wie ich sagen darf, manche meiner Elfenpatienten befremdet.«

Als sie wieder lachte, funkelten ihre warmen Augen im Feuerschein. »Wie Menschen bin ich offen für Veränderungen. Wie Elfen habe ich allerdings Gewohnheiten, die ich nie verändere – selbst wenn jemand so unglaublich dreist sein sollte, mir einen Weg vorzuschlagen, der möglicherweise besser ist.«

In Tanis' Blick entdeckte Flint Verwunderung – und Einsamkeit. Doch als der Halbelf sprach, klang seine Stimme bitter. »Aber ich wette, daß dein menschlicher Anteil nicht von einem Vergewaltiger stammt.«

Eld Ailea zuckte zusammen, und Tanis schien sich immerhin zu schämen. Die Hebamme entschuldigte sich mit der Ausrede, die Kekse nachzufüllen. Als sie wiederkam, waren ihre Augenlider gerötet.

»Verzeih mir, Eld Ailea«, sagte Tanis.

»Ich habe Elansa geliebt«, erwiderte sie schlicht.

»Selbst ein halbes Jahrhundert hinterher tut es mir noch weh, wenn ich daran denke, was ihr zugestoßen ist.«

Sie reichte ihm den Teller, den er ohne einen Blick darauf an Flint weitergab. Dann setzte sie sich wieder und schlang die Arme um ihre Knie. Plötzlich sah Flint, wie sie als junge Elfin in Kargod ausgesehen haben mußte – geschmeidig, lebhaft und wunderschön. Er hoffte, daß sie auf ein glückliches Leben zurückblicken konnte.

»Tanthalas«, sagte sie, »ich hatte gehofft, dich eines Tages wiederzusehen – um den Mann mit dem Kind zu vergleichen. Ich muß sagen, als Mann bist du viel, viel ruhiger«, sie lachte still in sich hinein, »aber du bist auch weniger vertrauensvoll, was man wohl von jedem Erwachsenen erwarten muß. Aber ich sehe schon, dein Leben im Palast war gewiß nicht einfach. Ich hatte gehofft, von deinem Freund hier etwas über dich zu erfahren. Ich bin froh, daß er dich jetzt zu mir gebracht hat.«

»Warum hast du dich nicht früher gemeldet?« fragte Tanis. Seine Augen waren verhangen.

Eld Ailea seufzte, griff nach einem Gewürzkeks und biß mit ihren kleinen, weißen Zähnen in die Leckerei. Sie kaute und wischte sich mit einer Serviette den Mund ab, bevor sie antwortete. »Ich habe vor langer Zeit beschlossen, daß ich keinen Kontakt mit dir aufnehmen würde, solange du noch ein Kind warst, denn da die Stimme der Sonne entschieden hatte, dich als Elf aufwachsen zu lassen, würde mein Auftauchen dich nur immer an deine ›andere‹ Hälfte erinnern. Heute ist mir klar, daß meine Zurückhaltung ein Fehler war. Und ich bitte um Verzeihung.«

Ohne den Blick von ihrem alten Gesicht abzuwenden, griff Tanis zu seiner Teetasse und trank einen Schluck. Eld Ailea schenkte heißen Tee nach, woraufhin Tanis wieder trank.

»Ich habe dir deinen Namen gegeben, weißt du«, sagte Ailea. »Er bedeutet ›immer stark‹. Das habe ich gemacht, weil ich wußte, daß du viel Kraft brauchen würdest, um in der Elfenwelt zu leben. Vielleicht glaubst du wie ich, daß du eine Weile außerhalb von Qualinesti leben mußt, bevor du beide Teile deines Ichs akzeptieren kannst.«

Tanis' Stimme war voller Verachtung. »Den Teil von mir akzeptieren, der wie ein Tier ist?«

Sie lächelte. »Ich glaube immer daran, daß ich die besten Eigenschaften beider Rassen in mir habe. Denk daran, Tanthalas. Du hast einen Vater, der ganz gewiß ein brutaler, gemeiner Mensch war. Aber über ihn bist du mit vielen anderen Menschen verwandt, die höchstwahrscheinlich viel besser waren als er.«

Tanis blinzelte mit den Augen. Flint erkannte, daß die alte Hebamme die Dinge in ein anderes Licht gestellt hatte.

»Ich …«, stammelte er und kippte dann seinen Tee in einem Schluck herunter. »Darüber muß ich erst nachdenken.«

Eld Ailea nickte, und die Unterhaltung wandte sich anderen

Themen zu, besonders den Neuigkeiten, die es am Nachmittag im Palast gegeben hatte. Wie sich herausstellte, hatte Ailea bereits davon gehört.

»Lord Tyresian ...«, überlegte sie. »Ich habe gehört, daß er sehr ... konservativ ist.«

Flint fragte nach: »Hast du auch ihn entbunden?«

Ailea schüttelte den Kopf. »Oh, nein. Das heißt, nicht richtig, junger Zwerg.«

Jung? Flint schüttelte den Kopf. Doch dann fiel ihm auf, daß er im Vergleich zu ihr womöglich wirklich jung war.

»Wieso ›nicht richtig‹?« fragte Tanis.

Ailea zögerte. Tanis hakte nach: »Es war wegen deines menschlichen Blutes, nicht wahr?«

Wieder zögerte Eld Ailea, bevor sie nickte: »Ich hätte es anders ausgedrückt, aber es läuft darauf hinaus, ja. Ich habe Tyresians Mutter im Anfangsstadium ihrer Niederkunft versorgt; es schien alles gut zu laufen, und ich war bester Hoffnung, daß sie ein gesundes Kind gebären würde.«

Sie brach ab. »Und?« fragte Tanis.

Ailea schaute ins Feuer. Sie sprach monoton. »Tyresians Vater kam herein und entdeckte, wer seine Frau betreute. Er warf mich hinaus, aber ich blieb draußen vor dem Haus, falls man mich doch noch brauchen würde. Er schickte nach einer reinen Elfin, die Estimia beistehen sollte, aber es war keine zu haben. – Als er das erfuhr, befahl er der Kinderfrau, das Baby zu entbinden«, fuhr die Hebamme fort. »Die Arme war noch nie bei einer Geburt dabei gewesen, geschweige denn, daß sie wirklich einem Baby auf die Welt geholfen hat. Aber Tyresians Vater – ich konnte ihn sogar durch die Felswände seines Hauses schreien hören – sagte, daß jede reine Elfin besser wäre, als eine mit Menschenblut.«

Tanis machte den Mund auf, um etwas zu sagen, doch Eld Ailea redete weiter. »Dann hörte ich Tyresians Mutter schreien.« Aileas Gesicht verzerrte sich, als wäre sie noch immer dort.

»Ich klopfte an die Tür. Ich bettelte sie an, mich hineinzulassen, damit ich Estimia helfen könnte, aber Tyresians Vater kam persönlich heraus und schickte mich weg. Er sagte, er würde mich einsperren lassen, wenn ich nicht verschwände.«

»Wie interessant, wenn man bedenkt, daß Qualinesti kein Gefängnis hat«, bemerkte Flint trocken.

Eld Ailea stand auf und nahm die Miniatur einer hübschen Elfenfrau vom Kaminsims. Mit schlanken Fingern fuhr sie über die Farben. »Tyresian überlebte, aber Estimia starb.«

Sie lief im Zimmer hin und her, und Flint und Tanis schauten im Feuerlicht zu, wie sie hier einen Rahmen, dort ein Gesicht berührte. Als sie an der Tür ankam, drehte sie sich um und sagte schlicht: »Tyresians Vater sagte, ihr Tod wäre meine Schuld.«

Tanis riß die Augen auf. »Wieso?«

Sie schaute auf den Boden und strich plötzlich geschäftig ihren weiten, grauen Rock glatt. »Er sagte, ich müßte etwas falsch gemacht haben, bevor er mich wegschicken konnte.«

»Das ist doch absurd«, schalt Flint. Tanis nickte mit wütender Miene.

Ailea nickte. »Ja, so ist es«, sagte sie ruhig. »Ich habe meine Schwächen, aber Unfähigkeit gehört nicht dazu.« Sie brachte Teekanne, Tassen und Teller in die Küche zurück. Flint wollte ihr helfen und ließ Tanis zurück, der in dem leeren Raum die Bilder der Kinder betrachtete.

»Als du in meinem Laden warst«, begann Flint in der Hoffnung, die Unterhaltung noch weiterzuspinnen, obwohl schon fast Mitternacht war, »da hast du gesagt, du hättest die Stimme entbunden.«

»Und seine Brüder«, fügte Ailea hinzu. Sie gab Flint eine Tasse und ein Geschirrtuch, das anscheinend einmal ein ähnliches Hemd gewesen war wie das, das sie bei ihrem Besuch bei Flint angehabt hatte. »Warum?«

»Mich interessiert der dritte Bruder.«

»Arelas? Warum?«

»Die Stimme sagte, man hätte Arelas vom Hof weggeschickt, weil er krank war, aber sie sagte nicht, welche Krankheit der Bruder hatte. Weißt du es?«

Ailea spülte die Teekanne in einem Eimer mit klarem Wasser aus einem Brunnen hinter dem Haus. »Ich bin mir nicht sicher, ob es überhaupt irgend jemand weiß. Es ging ihm gut, solange er klein war, aber um die Zeit, als er laufen lernte, hm, da hat er sich verändert.«

Flint blickte sie unter seinen graumelierten Augenbrauen an. »Verändert? Wie?«

Eld Aileas Stimme klang wie die einer Person, die oft beim Kinderhüten Geschichten erzählt. »Eines Tages«, sagte sie, »gingen er, sein Bruder Kethrenan, seine Mutter und ich zu einem Picknick in den Hain«, das war das Wäldchen zwischen dem Sonnenturm und dem Himmelssaal. »Arelas wanderte herum und ging verloren.«

»Habt ihr ihn wiedergefunden?«

»Zuerst nicht. Wir haben die ganze Gegend durchkämmt, aber es war, als hätte ihn die Erde verschluckt. Wir fanden keine Spur.« Sie gab dem Zwerg die Teekanne. »Jemand muß ihn gefunden haben, aber wir haben nie herausbekommen, wer das war. Nach drei Tagen vergeblicher Suche, zu der Solostarans Vater wohl fast jeden Soldaten von Qualinesti abgeordnet hatte, fand man den kleinen Arelas eines Morgens schlafend auf dem Moos im Hof des Palasts. Er muß durch das Gartentor hereingelaufen sein – oder jemand hat ihn an den Wachen vorbei hereingebracht. Er lag unter einer Decke, die ihn warm hielt.«

Flint polierte den gehämmerten Kupferkessel ein letztes Mal und stellte ihn dann auf den Küchentisch. »Danach wurde er krank?«

»Sehr. Er hatte Fieber, als wir ihn fanden. Tagelang schwebte er zwischen Leben und Tod. Ich verabreichte alle Mittel, die ich kannte. Ich verwendete jeden Zauber, den ich beherrschte, aber ich kann nicht heilen. Ich kann nur Symptome lindern. Niemand konnte helfen. Schließlich ordnete die damalige Stimme an, daß Arelas zu einem Elfenkleriker außerhalb von Qualinost geschickt werden sollte.«

Flint lehnte sich an eine Anrichte, während Eld Ailea das Tongefäß, in dem sie abgewaschen hatte, mit klarem Wasser ausspülte. Das Gespräch schien sie an andere Dinge erinnert zu haben, denn sie redete weiter, nachdem sie das Gefäß umgedreht neben Flints Ellbogen gelegt hatte. »Solostaran und Kethrenan waren vergleichbar leichte Geburten. Aber Arelas ... schon bevor er geboren wurde, war er nicht ... richtig. Er lag einfach nicht richtig in seiner Mutter. Die Geburt hat über einen Tag gedauert, und ich mußte ihn schließlich mit der Zange holen, was ich immer zu vermeiden suche. Damals ging es allerdings gut«, sagte sie gutgelaunt. »Nur ein kleiner Kratzer am Arm, der schnell geheilt ist. Es gab nur eine kleine Narbe von der Form eines Sterns. Erinnerte mich an das Zeichen, das bei manchen Menschenvölkern aus den Ebenen angeblich die jungen Männern bekommen, wenn diese erwachsen werden.«

»Jetzt komm, Meister Feuerschmied«, sagte sie knapp und legte dem Zwerg ihre starken Arme auf die Schultern, um ihn umzudrehen, »mal sehen, was der kleine Tanthalas anstellt.«

Sie kehrten ins Wohnzimmer zurück. Tanis stand vor einem Regal bei der Haustür. »Hast du all diese Porträts gemalt?« fragte er. Sein rotbraunes Haar streifte sein Lederwams, als er sich umdrehte.

»Ja, aus der Erinnerung«, sagte Ailea, wobei sie den Zopf glattstrich, der um ihren Kopf ging und in dem Knoten auf ihrem Hinterkopf endete.

»Gibt es auch eins von mir?« Seine Stimme klang rauh von dem Versuch, unbeteiligt zu erscheinen. Flint hoffte innerlich, daß die Hebamme ihn nicht enttäuschen würde.

»Nicht hier unten, nein.« Tanis' Schultern sackten bei dieser Antwort zusammen.

»Dein Bild habe ich in meinem Zimmer«, ergänzte sie und lief sogleich zu einer Steintreppe, die links von der Tür zur Küche aus dem Eingangsraum nach oben führte.

Flint stellte fest, daß er wortlos einen Blick mit dem Halbelfen wechselte, während sie über sich den Schritten der alten Hebamme lauschten. Mitternacht war inzwischen längst vorüber, und schon in wenigen Stunden würden sie zur Jagd auf den Tylor aufstehen müssen, doch Flint wäre lieber gestorben, als Tanis jetzt zum Aufbruch zu drängen.

Plötzlich stand Eld Ailea auf der ersten Stufe, und Flint fragte sich, ob ihre magischen Fähigkeiten das Teleportieren einschlossen. Für jemanden, der mehrere Jahrhunderte alt war, war sie jedenfalls erstaunlich leichtfüßig.

»Hier«, sagte sie und reichte Tanis ein Porträt in einem Silberrahmen, der filigran mit Gold verziert war, dazu einen Stahlanhänger an einer Silberkette. »Der Anhänger gehörte Elansa. Sie hat ihn mir vor ihrem Tod gegeben.«

Fast ehrfürchtig nahm Tanis das Bild in die eine Hand und den Anhänger in die andere. Er schien nicht zu wissen, was er zuerst ansehen sollte. Die grünbraunen Augen des Halbelfen glänzten feucht, doch das konnte auch vom Licht herrühren. »Dieses Gesicht hat sie also gesehen«, flüsterte der Halbelf, und Flint drehte sich unwillkürlich zur Seite und starrte ins Feuer. Gewiß war der Rauch daran schuld, daß er selbst alles verschleiert sah.

Eld Ailea blickte Tanis über die Schulter. »Du warst ein kräftiges Kind, Tanthalas – erstaunlich gesund für jemanden, dessen Mutter bei seiner Geburt so schwach war.«

Tanis schluckte. Als Ailea fortfuhr, konnte Flint, der nur wenige Fuß entfernt stand, sie kaum verstehen. Er fragte sich, ob das die Stimme war, mit der die alte Hebamme Mütter in den Wehen tröstete und Babys mit Koliken beruhigte. »Elansa hat Kethranan innigst geliebt, Tanthalas. Schon ganz früh in der Schwangerschaft hat sie, glaube ich, beschlossen, daß sie ohne ihren Mann nicht mehr leben wollte, aber sie lebte weiter, weil sie hoffte, daß das Baby von ihm sein würde.«

Tanis' Gesicht wurde hart. »Als sie mich dann sah«, sagte er, »wußte sie die Wahrheit.« Er wollte der Hebamme das Bild zurückgeben, doch sie nahm es nicht.

»Nein, Tanthalas.« Eld Aileas Stimme war freundlich, doch ihre Hand lag fest auf seiner Schulter. »Als sie dich sah, als sie dieses Gesicht sah, das du jetzt betrachtest, hat sie, glaube ich, ihre Meinung geändert. Sie hat sich soweit zusammengerissen, daß sie ihr Baby stillen konnte, aber es war alles zuviel für sie. Durch all das, was sie seit Kethrenans Tod durchgemacht hatte, war sie einfach zu schwach.« Die Stimme der Hebamme verklang. »Bis zu ihrem Tod hielt sie dich im Arm.«

Es würde still im Zimmer, und nur schwere Atemzüge waren noch zu hören – seine eigenen, erkannte der Zwerg. Er räusperte sich und hustete.

Nach einer Pause, in der keiner der drei einen der anderen ansah, fragte Tanis: »Was ist mit dem Anhänger?«

Eld Ailea nahm ihn in die Hand. »Er ist aus Stahl und sehr wertvoll. Kethrenan hat ihn ihr zur Hochzeit geschenkt. Sie hat ihn immer getragen. Ich hielt es für einen Segen, daß die Räuber ihn ihr nicht genommen hatten, denn sie schien das bißchen Kraft daraus zu ziehen, das sie in jenen letzten Monaten hatte.« Sie ging zu Flint und zeigte ihm das Amulett. Efeu und Espenblätter umrahmten die verschlungenen Initialen »E« und »K«. Eine muschelartige Verzierung schmückte den Rand der runden Scheibe.

Anscheinend war alles gesagt. Flint und Tanis schwankten vor Müdigkeit, und selbst die betont unermüdliche Hebamme wirkte erschöpft. In unausgesprochenem Einverständnis gingen die beiden Männer zur Tür. Eld Ailea holte Tanis' Schwert, das er am Kamin stehengelassen hatte. Sie steckte es in die Scheide, doch dann zögerte sie. Auf ihrem Gesicht zeigte sich ein merkwürdiger Ausdruck.

»Dieses Schwert ...«

Tanis sagte stolz: »Das hat Flint gemacht.«

»Ja, ich weiß«, sagte sie etwas stotternd. »Es ist wunderbar. Aber ...«

Zwerg und Halbelf warteten, während die Hebamme ihre Gedanken ordnete. Sie holte tief Luft und wirkte plötzlich entschlossen. »Flint.« Ihre Stimme war schneidend. »Komm her.«

Flint ging zu ihr und schaute in ihre braunen Augen. »Kannst du diesen Anhänger an dem Schwert befestigen?« fragte sie. »Würde das der Waffe schaden?«

»Nun, das geht bestimmt, und es würde auch nichts schaden, aber ...«

»Auf Dauer? Geht das?«

Er nickte. Ihre Mimik fesselte ihn; es war eine beunruhigende Mischung aus Drängen und Angst. Er deutete auf eine Stelle am Heft der Waffe. »Ich könnte es da festmachen.«

Sie legte ihre Hand auf seine. »Dann mach das«, drängte sie. »Heute noch.«

»Es ist so spät«, druckste Flint herum.

Eld Ailea packte ihn am Arm. »Es muß heute nacht sein. Machst du es? Ganz bestimmt?« So nah bei der Hebamme sah Flint plötzlich die Erschöpfung der Jahre, die ihr lebhafter Charakter normalerweise überdeckte. Er versprach es ihr, woraufhin sie ihn losließ.

Am Himmelssaal trennte sich Flint von Tanis. Der Halbelf ging nach Norden zum Palast der Stimme und Flint mit dem Schwert seines Freundes nach Hause.

Die nächsten zwei Stunden brachte der Zwerg mit dem Auftrag der Hebamme zu.

* * *

Miral machte kaum ein Geräusch, als er an den beiden Wachen in den schwarzen Lederwesten vorbeikam, die vor den Privatgemächern der Stimme standen. Die Wachen grüßten ihn und winkten ihn durch. Da er sich in der Dunkelheit gut zurechtfand und seine Augen nur hin und wieder durch Fackellicht geblendet wurden, gelangte er rasch zur Treppe. Aber anstatt in den Hof hinunterzugehen, stieg er in den ersten Stock hoch.

Bei Xenoths Zimmer hielt er an. Nachdem er das durchdringende Schnarchen des Beraters sogar durch die Tür hören konnte, schlich er an Tanis' Tür vorbei, die leicht offen stand. Miral stellte sich vor, wie der Halbelf durch die Straßen von Qualinost strich und unter den Ereignissen des Tages litt.

Nacheinander kam der Magier an den Räumen von Porthios und Gilthanas vorbei, bis er bei Laurana ankam. Unter ihrer Tür war ein Lichtschein zu sehen, und er hörte sie drinnen auf und ab laufen.

Er klopfte leise. Das Tapsen der Schritte hörte auf. Dann näherte es sich der Tür. Laurana fragte leise: »Wer ist da?«

»Miral, Lady Laurana. Verzeiht, daß ich zu so unmöglicher Zeit störe, aber ich muß mit Euch reden.«

Sie machte die Tür auf. Wie immer, wenn Miral die junge Prinzessin sah, hielt er den Atem an. Sie trug eine hinreißende Robe aus wasserblauer Seide. Die Farbe betonte das Glitzern ihres aschblonden Haars und das Korallenrot ihrer geschwungenen Lippen. Einen Augenblick war er sprachlos, bis er sich wegen seiner mangelnden Selbstbeherrschung schalt.

»Darf ich unter vier Augen mit Euch sprechen, Laurana? Es geht um die Bekanntmachung der Stimme zu Eurer Verlobung.«

Laurana riß ihre schmalen Augen auf, und ihre Wangen röteten sich. »Aber gewiß ... nur nicht hier.«

»Nein, natürlich nicht«, antwortete Miral sofort. »Also im Hof? Ich möchte niemanden stören. Es wird nicht lange dauern.«

Sie dachte nach und legte dabei den Kopf schief. »Ich muß

mich erst anziehen. Ich treffe Euch dort in zehn Minuten.« Dann machte sie die Tür zu.

* * *

Pünktlich saß Laurana – jetzt mit Mantel und einem Kleid aus taubengrauem Satin passender gekleidet – auf einer Steinbank im Hof. Es war dieselbe Bank, die vor so vielen Jahren Zeuge des Wettschießens von Porthios und Tanis gewesen war. Jetzt aber waren die Birn- und Pfirsichbäume in das silberne Licht von Solinari getaucht, und der Blütenduft benebelte einen regelrecht. Die Stahltür des zweistöckigen Marmorgebäudes glänzte im Mondschein. Sie hüllte sich fest in ihren Mantel.

Miral kam den gepflasterten Weg vor ihr entlang. Mitten in der Nacht wirkte seine rote Robe fast schwarz. Irgend etwas hatte ihn innerlich aufgewühlt. Seine Kapuze war etwas zurückgerutscht, weshalb sein blasses Gesicht und seine nahezu farblosen Augen zu sehen waren.

»Was ist los, Miral?« gab Laurana freundlich das Stichwort. »Ihr sagtet, es hätte etwas mit Vaters Bekanntmachung zu tun.«

»Ich ... ich wollte Euch mein Mitgefühl aussprechen.« Der Magier senkte den Kopf. »Ich weiß, daß Ihr Tanthalas Tyresian vorzieht – was, wie ich hinzufügen möchte, beträchtlichen Geschmack Eurerseits beweist.« Er lächelte gewinnend, und sie tat das gleiche. »Tanthalas paßt viel besser zu Euch, trotz seines ... gewaltsamen ... Erbes. Ich bin sicher, daß Ihr sein unbeherrschtes Temperament zügeln könntet, Lady Laurana. Schließlich sind nicht alle Menschen Wilde, und Tanthalas beeindruckt mich schon seit langem.«

Er senkte etwas den Kopf, wodurch die Kapuze nach vorn fiel und sein Gesicht wieder verdeckte.

Laurana war durcheinander, denn sie wußte nicht, wie sie es zu verstehen hatte, daß der Zauberer Tanis gleichzeitig pries und verurteilte. »Danke, aber ich sehe nicht –«

»Es gibt jemanden, der sogar noch besser zu Euch paßt.«

Laurana merkte, daß ihr Gesicht ihr Erstaunen verriet, bevor die Jahre bei Hof die Oberhand gewannen und sie ihr Gesicht wieder unter Kontrolle hatte. »Und wer ist das, Miral?«

»Ich.«

Laurana war aufgesprungen, bevor das Wort in der Nachtluft zwischen ihnen verklungen war. »Ihr?« fragte sie ungläubig. »Oh, ich glaube nicht –«

Miral sprach mit drängender Stimme. »Bitte hört mich erst an, Laurana. Wenn Ihr mich abweist, werde ich nie wieder davon anfangen. Das schwöre ich.«

Laurana überlegte fieberhaft. Sie versuchte, sich vorzustellen, wie ihr Vater mit einer so delikaten Situation umgehen würde. Miral hatte dem Hof immer treu gedient und hatte durch seine Dienste für ihren Onkel Arelas schon vor langer Zeit die Gunst ihres Vaters gewonnen. In einer ähnlichen Situation würde Solostaran den Zauberer auf jeden Fall aussprechen lassen.

»Bitte setzt Euch, Laurana. Es wird nicht lange dauern.«

Sie setzte sich hin. Sie hatte Tyresian für zu alt gehalten, und Tyresian war im gleichen Alter wie ihr Bruder Porthios. Der Magier hingegen war Jahrzehnte älter. »Ich bin zu jung zum Heiraten, Miral.«

»Aber nicht zum Verloben. Ist es nicht das, was Ihr und Tanis seid? Verlobt? Versprochen?«

Unaufgefordert setzte sich Miral neben Laurana auf die Bank.

»Ich habe Euch vor Jahren zum ersten Mal gesehen, als ich auf Arelas' Drängen hierher kam. Ihr kennt meine Geschichte?« Laurana nickte, denn sie traute ihrer Stimme nicht. Plötzlich war ihr bewußt, wie still und verlassen der Innenhof bei Nacht war. Sie versuchte, sich zu erinnern, ob die Wachen nicht nur im Innern des Palastes, sondern auch auf dem Hof patrouillierten.

»Damals wart Ihr nur ein kleines Mädchen – aber was für ein Mädchen! Ich habe noch nie jemanden gesehen, der so vollkommen war. Ein bißchen verwöhnt, na gut, und etwas wilder, als ich es bei einem Elfenmädchen von bester Herkunft schätze, aber ich dachte, diese Energie käme vielleicht daher, daß Ihr aus der Linie von Kith-Kanan abstammt.«

Laurana rückte von dem Magier ab, doch seine Hand schoß vor und hielt die ihre fest. Er war stärker, als sie je gedacht hätte. Und seine Augen … Sie konnte sie merkwürdigerweise in der Dunkelheit gut erkennen, selbst unter seiner Kapuze. Die Angst kroch ihr den Rücken hoch. Die Stimme des Zauberers redete weiter und durchschnitt damit die Stille der Nacht von Qualinost.

»Ich habe Euch so gern betrachtet, Laurana. Ich habe mich freiwillig angeboten, Euch zu unterrichten, auch wenn das bedeutete, daß ich diesen Dummkopf von Bruder, Gilthanas, dazubekam. Und Tanis. Ich liebte Tanis und vertraute ihm, wie Ihr wißt. Schließlich wurdet ihr zwei ja wie Bruder und Schwester erzogen. Wie sollte er meine Werbung bedrohen können, wenn es an der Zeit war? Dann fand ich gestern heraus, wie falsch ich Tanis eingeschätzt habe.« Mirals Griff wurde fester, und Laurana gab einen Protestlaut von sich. Der Laut durchbrach ihre Angst, und sie stand auf, obwohl der Magier sie zurückziehen wollte.

»Wartet!« zischte er. »Laurana, wählt mich. Ich bin vielleicht nicht allmächtig, aber ich bin ein besserer Zauberer, als viele Leute meinen. Am Ende kann ich Euch mehr Macht und mehr Reichtümer bieten als Tyresian und Tanis zusammen, wenn Ihr nur Geduld habt.«

Laurana riß sich mit klopfendem Herzen los und wich mehrere Schritte zurück. Miral stand langsam auf. »Wie lautet Eure Antwort?« fragte er gespannt.

Jeder Gedanke an Hofetikette war Laurana jetzt fern. Sie konnte nur noch an Flucht denken. Jetzt war es unwichtig, ob sie den Zauberer vor den Kopf stieß. Nur ihre Flucht zählte. Die Stimme würde Miral nicht länger am Hof dulden, wenn sie von heute nacht erfuhr.

»Laßt mich in Ruhe«, verlangte sie, indem sie alle Kraft zusammennahm und ihrer Stimme soviel Nachdruck wie möglich verlieh. »Verlaßt diesen Hof. Wenn Ihr bis morgen verschwunden seid, verspreche ich, daß ich meinem Vater nicht sagen werde, was hier vorgefallen ist. Damit entgeht Ihr der Demütigung, vom Hof verjagt zu werden.«

Der Magier stand auf, und sie drehte sich um und lief im Mondschein auf die Tür zu. Hinter sich hörte sie den Magier etwas murmeln, weshalb sie zu rennen begann. Nur wenige Fuß vor der Stahltür holte sie der Zauberspruch jedoch ein. Sie stolperte und fiel in Ohnmacht.

Sie erwachte in dem Gang vor ihrem Zimmer. Zwei Palastwachen mit einer Lampe blickten besorgt auf sie herab. Ihr Kopf und ihre Schultern lagen in Mirals Schoß. Verwirrt sah sie hoch. »Miral?« Laurana schaute sich um. »Wie bin ich denn hierhergekommen?«

»Ich ging gerade durch den Korridor, als ich hörte, daß Ihr die Tür aufmachtet«, sagte Miral mit seidiger Stimme. »Ich wußte, daß Ihr einen schlimmen Tag hinter Euch hattet, und bin deshalb hergeeilt, um nachzusehen, ob Ihr krank seid oder Hilfe braucht. Als ich näher kam, wurdet Ihr ohnmächtig. Erinnert Ihr Euch nicht mehr?«

Laurana lehnte sich erschöpft zurück. »Ich ... erinnere mich an gar nichts. Ich weiß noch, daß ich in meinem Zimmer herumgelaufen bin, und dann war ich plötzlich hier.« Trotzdem kam es ihr so vor, als ob sie gerade etwas Wichtiges vergaß. Sie schüttelte den Kopf, weil sie sich nicht erinnern konnte.

Die klaren Augen des Zauberers waren unergründlich. Eine Hand glitt in eine Tasche seiner Robe und kam mit einem kleinen Päckchen getrockneter Blätter wieder hervor. »Tut das in eine Tasse heißes Wasser, Lady Laurana. Es wird Eure Stimmung heben und Euch beim Einschlafen helfen. Ich werde einen Diener mit dem Wasser herschicken.«

Sie wartete, weil sie immer noch versuchte, ihre Gedanken zu sammeln. Dann nickte sie. Miral und eine der Wachen halfen ihr auf die Beine; dann verschwand der Magier den Korridor entlang. Als sie in der Tür stand, beobachteten die Wachen sie besorgt. Unten, am Ende des Gangs, ging Lord Xenoths Tür unvermittelt auf, und der Berater warf einen Blick heraus – merkwürdigerweise voll bekleidet. Laurana beachtete ihn nicht weiter, weil sie immer noch über sein nach wie vor engstirniges Verhalten gegenüber Tanis und Flint verärgert war.

Ihr Ärger über den Berater ließ nach, während sie versuchte, ihre Gedanken zu klären. Da war doch noch etwas! Bloß was?

Nun, was es auch war, wenn es wichtig war, würde sie sich wieder daran erinnern. Sie wünschte den Wachen eine gute Nacht und schloß sich wieder in ihrem Zimmer ein.

Kapitel 2

Die Unterredung

Ein Diener der Stimme fing Tanis kurz vor der Morgendämmerung ab, als der Halbelf vom Palast zu den Ställen ging, um nach seinem Pferd Belthar zu sehen. Der Diener richtete Tanis aus, daß Solostaran ihn auf der Stelle im Vorzimmer der Stimme zu sehen wünsche.

Doch als Tanis in Solostarans Räumen im Turm ankam, erklärten ihm die Wachen vor der Tür, daß die Stimme Besuch hätte und erst anschließend für Tanis Zeit hätte. Tanis dankte ihnen und nahm dann in einem Alkoven im Gang Platz.

Die Tür zum Büro der Stimme ging auf, und Porthios trat heraus. Er nickte der Wache zu und eilte davon, wobei er den

Halbelfen im Alkoven offenbar übersah. Tanis atmete leise erleichtert auf und ging zur Tür, als Porthios verschwunden war. Die Wache ließ ihn sofort ein und machte hinter ihm die Tür zu. Tanis schluckte, denn er fragte sich, was die Stimme ihm zu sagen hatte.

Die Stimme saß am Schreibtisch und sah einen Stapel Pergamente durch, die von einer Öllampe beleuchtet wurden. Der Goldrand an den grünen Roben der Stimme glitzerte im Lampenschein. Als die Tür ins Schloß fiel, legte Solostaran sofort die Pergamente zur Seite und sah auf, als wenn er nicht wirklich gelesen hätte. Der Raum mit den Glaswänden begann, in dem rosagrauen Licht kurz vor Tagesanbruch zu glühen.

»Tanthalas«, sagte die Stimme mit unbewegter Stimme. Da ihm kein Stuhl angeboten wurde, blieb Tanis stehen.

»Du wolltest mich sprechen, Stimme«, sagte Tanis. Er konnte sich nicht erinnern, daß es ihm in Gegenwart der Stimme je so gegangen war, aber heute er irgendwie Angst.

Die Stimme nickte. »Gestern war ein harter Tag, Tanthalas«, sagte Solostaran leise. Er stand auf und lief mit auf dem Rücken gefalteten Händen im Raum auf und ab. »Ich wußte, es würde schwierig werden, jemandem die Hand von Lauralanthalasa zu versprechen, aber ich hatte keine Wahl. Das Versprechen zwischen den zwei Häusern wurde vor langer Zeit gegeben. Zahllose Abkommen und jede Menge Verträge beruhen auf dem Vertrauen der Elfen, daß die Stimme der Sonne immer Wort hält. Was sollte ich tun?«

Er schien eher mit sich selbst zu hadern, als mit Tanis zu sprechen. »Hätte ich vom Podium steigen und das Amt der Stimme abgeben sollen?«

Tanis starrte ihn ungläubig an. Abdanken?

Aber die Stimme schüttelte den Kopf. »Und wozu sollte das gut sein? Porthios würde meinen Platz einnehmen, und dann würde das Versprechen auf seinen Schultern lasten. Du siehst also, Tanis, ich habe mein Versprechen gehalten. Die Ehre unseres Hauses hat es verlangt.« Dabei sah er Tanis durchdringend an. Unwillkürlich zuckte der Halbelf zusammen.

»Und Tyresian ist gar keine schlechte Partie für Laurana«, fuhr die Stimme fort. Tanis klopfte das Herz. »Obwohl ich also wußte, daß es eine schwierige Aufgabe sein würde, habe ich mich dazu durchgerungen, die Verlobung bekanntzugeben. Sag mir, Tanis, wieso ist es so gekommen?« fragte die Stimme.

»Ich verstehe es nicht, und es hat mir auch noch keiner erklären können, wie meine Tochter sich dem Jungen versprechen konnte, den ich ins Haus genommen und wie ihren Bruder erzogen habe. Und zum ersten Mal im Leben ist Laurana nicht bereit ...« Solostaran hielt einen Moment lang inne und legte eine Hand vor die Augen. Doch dann war der Augenblick vorbei, und er nahm wieder königliche Haltung an. »Sie ist nicht bereit, mit mir zu reden. Sag es mir, Tanis. Warum trotzt mir meine eigene Tochter?«

Tanis schüttelte den Kopf. »Ich weiß es nicht«, sagte er wahrheitsgemäß.

»Aber du mußt es wissen, Tanis«, sagte Solostaran mit scharfer Stimme. »Du warst ihr von meinen Kindern immer am nächsten. Und jetzt muß ich sehen, daß du ihr vielleicht näher stehst, als ich dachte.« Seine grünen Augen blitzten.

»Nein, so ist es überhaupt nicht«, sagte Tanis, dessen Herz wie rasend klopfte. »Das war doch nur ein Spiel, das wir ganz früher gespielt haben, mehr nicht.«

»Ein Spiel?« fragte Solostaran. Seine Stimme war leise, jedoch von einer Schärfe, die Tanis frösteln ließ. »Das ist eine ernste Angelegenheit, Tanthalas«, sagte er und kam auf den Halbelfen zu. Seine Roben kräuselten sich um ihn. »Der gute Ruf unseres Hauses, die Harmonie am Hof, ja, selbst der Frieden, auf den diese Stadt gegründet ist, sind in Gefahr. Das ist nicht die rechte Zeit für Spiele!«

Tanis schüttelte mit glühendem Gesicht den Kopf. Er versuchte, noch etwas, irgend etwas, zu sagen, fand aber keine Worte.

»Erst trotzt mir Laurana praktisch vor dem ganzen Hof«, fuhr Solostaran fort. »Aber ich hoffte, daß du daraus deine Lehre gezogen hast, daß du die Auswirkungen deiner Handlungen erkannt hast, denn ich habe dich immer geliebt und geglaubt, daß du mich in Ehren hältst. Und dann muß ich erfahren, daß du bereits Stunden später wieder mit ihr im Hof warst, wo sie die Arme um dich geworfen und dich geküßt hat wie ... wie ...« Ihm versagte die Stimme, doch dann riß er sich wieder zusammen. Seine Augen glänzten, und seine Stimme war schroff. »Das ist kein gutes Spiel, das du mit ihr treibst, Tanis. Du bist Mitglied dieses Hofes und solltest seine Regeln beachten. Du bist mein Mündel. Du bist ihr Bruder und sie deine Schwester.«

Solostaran riß die Augen auf, und der Zorn fiel plötzlich aus seinem Gesicht. Seine Schultern sackten herunter, und er griff nach dem Rand des Tisches, als wollte er sich abstützen.

»Entschuldige, Tanis«, flüsterte er.

Tanis half der Stimme auf den Stuhl.

»Es ist nur so, daß alles so schwer war bis zum gestrigen Tag«, sagte die Stimme. Auf eine Handbewegung zur Karaffe hin, goß Tanis der Stimme Wein ein. »Und seit gestern sind die Höflinge hinter mir her wie die Meute hinter dem Hirsch. Und was sollte ich ihnen sagen? Daß mein Mündel die Frau heiraten würde, die alle als seine Schwester ansahen – dem Namen nach, wenn nicht sogar dem Blute nach? Daß ich mein Wort brechen würde?« Er schüttelte den Kopf. »Aber versuch, mich zu verstehen. Ich bin nicht wütend auf dich. Es ist der Hof und seine Engstirnigkeit, was dich und deine Herkunft angeht.«

Tanis seufzte. Er wollte der Stimme nur zu gern glauben, und tatsächlich strahlte sein Ziehvater jetzt die alte Wärme aus.

»Ich habe dir die Wahrheit gesagt«, sagte Tanis. »Ich liebe Laurana, ja, aber als meine Schwester. Ich weiß selbst nicht, was ich jetzt machen soll.« Und er fügte hinzu: »Laurana kann ziemlich stur sein.«

Da hätte die Stimme fast laut gelacht. Zumindest spielte ein Lächeln um seine Lippen. »Ach, das hätte ich wirklich erwarten müssen. Ihr Kindheitskamerad ist ein schöner, junger Elfenlord geworden. Wen wundert's, daß er ihr gefällt? Denn obwohl er als ihr Bruder aufgewachsen ist, weiß sie, daß er es in Wahrheit nicht ist.«

Tanis wartete, weil er nicht wußte, was er sagen sollte, doch die Unterredung war anscheinend vorbei. Augenblicke später stand er allein auf dem Gang.

Kapitel 3

Die Jagd

Vom Himmelssaal aus schaute Tanis dem Sonnenaufgang zu. Die blassen Strahlen glänzten auf dem Sonnenturm wie Kupfer und blitzten feurig über die Kristall- und Marmorgebäude der Stadt. Als die Sonne sich vom Horizont löste, brach sie durch eine ferne, dunkle Wolkenbank, die tief am Himmel hing. Die Sonne setzte die Wolken in Brand. Die Wolken wirkten dunkler als am Vorabend. Tanis machte sich auf den Rückweg zum Palast und ging direkt zum Stall, wo Belthar, sein dreijähriger brauner Hengst, stand.

Vor dem grauen Granitstall hatte sich bereits der Adel von Qualinost versammelt. Tyresian, der schwarze Lederhosen und einen stählernen Brustpanzer trug, schrie Ulthen von seinem Hengst Primordan aus Befehle zu. Miral lehnte an einer Stallwand. Vom Gürtel der roten Tunika mit Kapuze, gegen die er seine gewöhnliche Robe getauscht hatte, baumelten Beutel mit Zaubermaterial. Die knielange Tunika war in der Mitte geteilt, damit der Magier bequem reiten konnte. Mehrere andere Adlige, deren Namen Tanis nicht einfielen, unterhielten sich in einem Grüppchen links von der Stalltür. Daneben sattelte Litanas dem Magier seinen Wallach. Porthios stand etwas abseits. Er sah zu, sagte aber wenig. Sein Bruder Gilthanas, in seiner schwarzen Wachuniform, ahmte seine Haltung nach, was Porthios offensichtlich nicht paßte. Tanis nickte seinen Cousins zu, als er den Pferdestall betrat, um Belthar zu holen. Als er den Hengst auf das Pflaster vor dem Hof führte, sah er Xenoth vom Palast kommen und Flint auf Windsbraut von Süden heranreiten. Tanis' Schwert hing an seiner Seite. Auf der anderen Seite des Packtiers war die Streitaxt des Zwergs befestigt.

»Na, das ist doch ein denkwürdiges Paar – ein Zwerg auf einem Maultier und ein Elf, der wahrscheinlich so alt ist, daß er Kith-Kanan noch gekannt hat«, rief Ulthen Gilthanas zu, der seinen Bruder ansah und dann schnell ein Lächeln unterdrückte. Porthios wirkte verärgert. Tanis blieb beim Erben der Stimme stehen, hielt Belthar an den Zügeln und wartete, daß Flint ihm sein Schwert brachte.

Lord Xenoth erreichte den Stall als erster. Seine knöchellange Robe von der Farbe der Sturmwolken, die sich über ihren Köpfen zusammenbrauten, flatterte ihm um die Beine. Er fragte Tyresian, wo er sich ein Pferd leihen könnte; der Berater besaß anscheinend kein eigenes.

»Bei den Göttern, in diesem Aufzug muß Xenoth wohl im Damensitz reiten!« zischte Porthios Gilthanas und dem Halbelfen zu. »Selbst Laurana reitet rittlings. Los, hilf ihm, Tanis. Er kann die Stute Image reiten.«

Tanis gab Gilthanas die Zügel und ging hinüber, um Lord Xenoth zu helfen. Trotz des Durcheinanders der letzten Tage, und obwohl er wußte, daß die Freiwilligentruppe eine mörderische Bestie suchen würde, die bereits mehrere Elfen umgebracht hatte, war er glücklich, an der Jagd teilnehmen zu können. Der Halbelf merkte, wie aufgeregt er war. Weder Tyresian noch Porthios hatten ihn je eingeladen, an einer ihrer Hirschjagden teilzunehmen – die waren für den höchsten Elfenadel reserviert –, aber diesmal konnte Tyresian ihn nicht abweisen. Tanis schloß die Augen, während er sich vorstellte, wie die Zweige grün und verschwommen an ihm vorbeipeitschen würden, während er über die Waldwege galoppierte. Es würde herrlich sein.

Im düsteren Licht des Stalls blickte Xenoth in eine Box nach der anderen. Anscheinend suchte er ein passendes Reittier für sich – beziehungsweise passend für den Reiter, der er vor Jahrzehnten einmal gewesen war. Tanis ging zur Box von Image und rief ihren Namen. Der gescheckte Kopf der alten Stute tauchte in der oberen Hälfte der Doppeltür auf. Sie war ein freundliches Tier und wieherte leise zur Begrüßung; sie und Tanis waren alte Freunde, und jetzt stellte sie die Ohren auf und guckte, ob er Äpfel oder andere Köstlichkeiten in der Tasche hatte. Er zog eine Möhre aus der Tunika, brach sie halb durch und bot sie ihr auf der flachen Hand an. Er sah zu, wie ihre weichen Lippen die Nascherei suchten, wie sie sie krachend zermalmte und schnuppernd nach der zweiten Hälfte verlangte.

»Tut mir leid, die andere Hälfte ist für Belthar«, sagte er. Dann wurde er lauter. »Lord Xenoth. Hier ist Euer Pferd.«

Xenoth stand am anderen Ende des Stalls, an der Box von Allianz, einem riesigen Schlachtroß, das selbst Tyresian kaum beherrschte. Der Berater schüttelte den Kopf, wobei sein silbernes Haar im grauen Licht glänzte, und zeigte auf das gewaltige Tier. »Ich reite den hier«, sagte Xenoth. »Sattle ihn mir.«

Allianz warf den Kopf über die Trennwand, wobei seine Zähne nach der verschrumpelten Hand des Elfen schnappten. Xenoth sprang mit einem Aufschrei zurück. Tanis führte kopfschüttelnd Image heraus, und ein Stallbursche kam eilig herbei, um das Pferd zu satteln.

»Nehmt Image«, erwiderte Tanis. »Sie ist ein gutes, braves Pferd.«

Xenoths Gesicht lief rot an vor Zorn. »Willst du etwa sagen, ich könnte dieses Pferd nicht reiten?«. Wieder zeigte er auf Allianz, der aufgebracht nach dem Leckerbissen schnappte, den der Berater vor seinem Kopf herumschwenkte.

Tanis seufzte und ging zu ihm. »Ich sage nur, daß nicht einmal Kith-Kanan persönlich mit diesem Pferd fertig werden würde.« Er hörte Schritte hinter sich und erriet, daß Xenoths schrille Stimme die Aufmerksamkeit der anderen Freiwilligen auf sich gezogen hatte.

Xenoths blaue Augen quollen etwas hervor, und seine Stimme zitterte. »Ich war früher einer der besten Reiter, Halbelf.«

»Das glaube ich Euch gern, Lord Xenoth.« Tanis versuchte, ruhig und leise zu sprechen. Was für ein durchgedrehtes Pferd gut war, mußte auch bei einem hysterischen Elfen helfen. »Aber jetzt habt Ihr nicht einmal ein eigenes Pferd. Es ist eine Weile her, seit Ihr zum letzten Mal geritten seid. Warum wollt Ihr nicht mit einem etwas … zugänglicheren … Tier beginnen?« Er hörte ein gedämpftes Prusten hinter sich. Seine Haare sträubten sich, als ihm klar wurde, daß sich ein größeres Publikum versammelt hatte. Um das Schauspiel schnell zu beenden, legte Tanis dem Berater die Hand auf den Arm.

»Laß mich los!« schrie Xenoth. »Ich lass' mich doch nicht von einem … einem Halbelfenbastard mißhandeln!«

Einige der Elfen hinter Tanis holten erschrocken Luft, andere fingen an zu lachen. Tanis merkte, wie seine Brust sich verschnürte und sich seine Hände zu Fäusten ballten. Er ging einen Schritt auf den Berater zu, der furchtsam die Augen aufriß. Hinter Xenoth fletschte Allianz wieder die Zähne.

»Tanis. Lord Xenoth.« Die Worte ertönten in einem Bariton, der keine Widerrede zuließ. Tanis drehte sich um.

Es war Porthios. »Tanis, geh zu deinem Pferd. Xenoth, Ihr werdet Image reiten, oder Ihr werdet nicht an dieser Jagd teilnehmen.«

Porthios stand wie ein Rachegott da, und seine goldgrüne Jagdkleidung glitzerte wie die offizielle Robe der Stimme. Seine Augen funkelten vor Zorn. Die anderen Höflinge wichen etwas beschämt zurück. Porthios wartete, bis Xenoth von Allianz zu Image gegangen war, die inzwischen gesattelt war. Tanis drängelte sich zwischen Ulthen und Miral hindurch und lief zur Stalltür. Porthios' Stimme jedoch hielt ihn auf.

»Tanis«, sagte der Erbe der Stimme. »Es tut mir leid.«

Der Halbelf wartete, ob Porthios noch etwas sagen wollte. Dann zuckte er mit den Schultern und ging nach draußen zu Belthar.

* * *

Eine halbe Stunde später waren die Freiwilligen soweit. Xenoth saß auf Image. Die Roben des Beraters bauschten sich um seine Oberschenkel auf und enthüllten lange, dünne Beine in engen, schwarzen Hosen. Xenoth, der tatsächlich den Eindruck eines ganz passablen Reiters machte, hielt sich ans Ende der Gruppe. Tyresian, Porthios und Gilthanas standen vorn.

Tanis' Hengst tänzelte auf dem taunassen Kopfsteinpflaster herum und schnaubte. In der kalten Luft war sein Atem zu sehen. »Bist du sicher, daß du nicht lieber ein Pferd reiten willst, Flint?« fragte der Halbelf.

»Du weißt genau, daß ich das nicht kann«, sagte der Zwerg mürrisch. Er hatte nur drei Stunden Schlaf gehabt und sah blaß und müde aus. »Ich habe eine fürchterliche Ang ..., äh, Allergie gegen Pferde.«

Zum Beweis nieste der Zwerg lautstark, um dann trompetenartig in sein Taschentuch zu schnaufen. Tanis' Pferd wieherte, anscheinend als Antwort.

»Ja, wer hat dich denn gefragt?« meinte Flint hitzköpfig und funkelte Belthar an. Der Hengst rollte mit dem Augen, bis man das Weiße darin sah, legte die Ohren an und schnappte nach Flint.

»Schluß jetzt, ihr zwei«, sagte Tanis und zog an den Zügeln. »Das reicht.«

Das Pferd schnaubte wieder, wie um zu sagen, daß es die Eigenarten von Zwergen keineswegs verstand. Tanis ging es mitunter ebenso.

Tanis warf einen Blick auf die anderen Höflinge und jungen Adligen, die im zunehmend helleren Licht ihre Pferde bestiegen, ihm jedoch nur wenige Beachtung zollten. Höchstwahrscheinlich sahen sie seinen Streit mit Xenoth als weiteren Beweis seines menschlichen Temperaments, obwohl Tanis beim besten Willen nicht behaupten konnte, daß Xenoth selbst elfische Kühle an den Tag gelegt hatte.

Dennoch spürte er, wie seine Aufregung wuchs. Egal was in den letzten Tagen geschehen war, endlich konnte er mal mit den anderen ausreiten ...

Er betrachtete die versammelten Elfen. Tyresian saß stolz und gerade auf seinem Pferd. Seine Hände, die die Zügel hielten, steckten in schwarzen Handschuhen. Porthios saß neben dem Elfenlord im Sattel seines grauen Rosses, und Gilthanas wartete gleich hinter ihnen auf einer Rostschimmelstute, einem hübschen Tier mit schönen Beinen und einem fein geschnittenen Kopf.

Dann tönte der Klang einer Trompete melodisch durch die klare Luft, und Tanis saß auf und lenkte Belthar zu den anderen hin. Tyresian blickte kurz zu ihm hin, wirkte aber nicht interessiert und konzentrierte sich wieder auf seine Begleiter.

Tanis überprüfte die Pfeile in dem Köcher an seinem Knie. Nachdem er Flint heute nacht verlassen hatte, hatte er eine ganze Stunde damit zugebracht, die stählernen Pfeilspitzen, die der Zwerg extra für ihn gemacht hatte, an Schäften zu befestigen. Das harte Metall war womöglich genau das, was man gegen die Schuppenhaut eines Tylors brauchte. Dann steckte Tanis Flints Schwert in die Scheide an seiner Seite. Es war unbequem – ein Kurzschwert oder gar ein langer Dolch waren viel üblichere Jagdwaffen, um beispielsweise einen Hirsch zu töten, den man mit einem Pfeil niedergestreckt hatte. Aber sie waren hinter einer blutrünstigen Echse her, die mehrmals so groß war wie ein Elf. Wer konnte wissen, welche Waffe die Jäger am besten gebrauchen konnten?

Außerdem war Tanis einfach stolz auf das Schwert. Die Glocke, der Schutz für die Hand, glänzte kühl im Licht der Morgendämmerung und glich silbernen Rauchfäden, die plötzlich erstarrt waren. In der Mitte der Glocke ...

»Flint!«

Der Zwerg blickte auf.

»Du hast ja das Amulett meiner Mutter an der Glocke des Schwertes befestigt«, sagte Tanis. Tyresian und Miral sahen zu dem Halbelfen hin.

Der Zwerg klang verdrießlich. »Nun, das habe ich Ailea schließlich versprochen, oder? Hat mich mitten in der Nacht zwei Stunden Arbeit gekostet. Löcher in den Griff und in den Anhänger bohren – muß schon sagen, das hat mir bald das Herz gebrochen – und dann ein Kettenglied durch beide ziehen.« Er schnaufte. »Erstaunlich, was ich alles für eine Maid in Bedrängnis tue.«

Tanis lächelte achselzuckend. Die Hebamme war schon geraume Zeit keine »Maid« mehr, aber er vermutete, daß der Zwerg sich ein bißchen in Eld Ailea verguckt hatte, obwohl sie mehrere hundert Jahre trennten.

Tyresians Stimme unterbrach das Gespräch. »Sind alle fertig?« fragte er ruhig. Tanis mußte es dem Elfenlord lassen; er war der geborene Anführer.

Der Halbelf legte die Hand auf sein Schwert. Außer dem Schwert und dem Köcher voll Pfeile, der griffbereit bei seinem rechten Knie hing, trug er seinen Kurzbogen auf dem Rücken und hatte eine Feldflasche mit Wein dabei, falls das Untier jemanden verletzte. Tanis überprüfte alles und nickte dann. Er war fertig.

Ein Elfenlord, der zu denen gehörte, deren Namen Tanis entfallen waren, lenkte sein Pferd vor die versammelte Gruppe, um einen Segen für die Jagd zu sprechen. Es war ein dünner Elf mit scharfen Zügen und harten, grauen Augen.

»Wir beten heute zu Kiri-Jolit, dem Kriegsgott des Guten«, sagte der grauäugige Elfenlord, während die Freiwilligen die Köpfe senkten. »Wir bitten ihn, uns beizustehen, wenn wir jetzt auf die Suche gehen und dieses schreckliche Tier stellen, das unser Land bestohlen und so viele unserer lieben Elfen getötet hat.«

Tanis hörte Flint neben sich schnauben. »Das Tier hätte auch beinahe einen ihrer ›lieben Zwerge‹ getötet, erst vor vier Tagen«, murrte er. Tanis brachte den Zwerg zum Schweigen.

»Wir bitten auch um die Gunst von Habbakuk, Gott der Tierwelt. Möge Deine Kenntnis der Wildnis und Dein Wissen um die Harmonie der Natur heute mit uns sein. Und wenn einer von uns nicht heimkehrt, so mögest Du, Habbakuk, seine Seele zu dir nehmen. So sei es.«

»So sei es«, wiederholten die anderen.

Dann wiederholte der Trompeter sein Zeichen, und die Jäger setzten ihre Reittiere in Gang und lenkten sie durch die Straßen von Qualinost zum Westrand der Stadt. Sie passierten den Wachturm an der Südwestecke der Stadt, wo zwei der Brücken, die Qualinost begrenzten, sich zur Erde neigten, und ritten dann an dem riesigen Bauwerk vorbei zum Fuß der langen Brücke, die den Abgrund mit dem Ithal-Inen, dem Fluß der Hoffnung, überspannte. Genau am Rand der Schlucht machten sie halt. Weit rechts und außer Sichtweite war, wie Tanis wußte, das Plateau, der Kentommenai-Kath, wo er und Flint erst vor kurzem gepicknickt hatten. Tanis sah, wie Flint einen Blick in den fünfhundert Fuß tiefen Abgrund rechts von sich warf und Windsbraut ans Ende der Truppe zurückzerrte. Das Gesicht des Zwergs glänzte vor Schweiß.

Tyresian nickte dem Hauptmann der Palastwache zu, der sein Pferd einen Schritt nach vorn lenkte und die versammelten Freiwilligen laut mit den wichtigsten Informationen versorgte. Das Echo seiner Stimme kam aus der Schlucht zurück, während die Pappeln rauschten. Der Morgenwind war kühl, aber Tanis war vor Aufregung trotzdem warm.

»Der Tylor wurde zuletzt weit im Süden auf der Westseite der Schlucht gesichtet«, sagte der Hauptmann der Wache. Er zeigte nach links, und ein Dutzend Augenpaare folgte seiner Bewegung, als ob sie erwarteten, daß das Monster jeden Moment durch die Büsche brechen würde.

Als der Hauptmann fortfuhr, wandten sich die Blicke der Jäger ihm wieder zu. »Ihr müßt verschiedene Dinge bedenken: Zum einen ändert das Fleisch der Tyloren seine Farbe, um sich der Gegend anzupassen, wo sie gerade sind. Das ist eine äußerst wirkungsvolle Tarnung.«

Tanis, der Belthar zu Flint zurück dirigierte, bemerkte, wie der Zwerg etwas ängstlich eine nahe Eiche beobachtete, fast als ob er glauben würde, der Tylor könnte sich als Baum tarnen.

»Diese Wesen sind intelligent«, rief der Hauptmann. »Sie sprechen Gemeinsprache. Seid daher vorsichtig mit dem, was Ihr sagt. Ruft den anderen beispielsweise keine Strategie zu. Das Wesen wird Euch verstehen.«

Gilthanas zügelte auf der anderen Seite von Flint seinen Apfelschimmel. Der jüngere Sohn der Stimme trug das schwarze Lederwams der Palastgarde. Der Morgenwind blies ihm das goldene Haar aus der Stirn. Er sah Laurana sehr ähnlich, fand Tanis, sicherlich mehr als Porthios. Gilthanas hatte sich in den letzten Jahren ebenfalls stark verändert, allerdings nicht so stark wie Tanis. Dennoch war Gilthanas schon eher ein Elfenlord als ein Kind, und obwohl er in seiner Uniform klein aussah, saß er aufrecht und mit stolzen Augen auf seiner Stute.

»Dazu kommt«, sagte der Hauptmann, was Tanis' Aufmerksamkeit wieder nach vorne lenkte, »daß Tyloren zwar am liebsten durch Bisse oder peitschende Schwanzschläge töten, aber auch zaubern können. Wenn sie einen Kampf verlieren, gehen sie oft außer Reichweite und benutzen Zaubersprüche. Mir wurde mitgeteilt, daß wir heute den Zauberer Miral zum Schutz gegen die Magie des Tylors dabeihaben.«

»Na, großartig«, murmelte Gilthanas. »Miral. Wir sind verloren.«

Unwillkürlich sah Tanis über Flint hinweg und grinste Gilthanas an, der – offensichtlich überrascht – das Lächeln erwiderte. Tanis merkte, daß er Gilthanas kaum mehr kannte. Die beiden waren als Kinder so viel zusammen gewesen, aber sie waren erwachsen geworden und hatten nur noch wenig miteinander zu tun. Gilthanas hatte Tanis gemieden, um sich seinen Platz am Hof zu sichern und dort Freundschaft und Anerkennung zu finden. Und mit Porthios' Hilfe hatte er beides erreicht.

»Tyloren«, gab der Hauptmann bekannt, »bewegen sich bei kaltem Wetter sehr langsam. Deshalb brechen wir heute so früh auf. Wir hoffen, das Tier in die Ecke treiben zu können, bevor es sich in der Sonne aufgewärmt hat. Und wie es aussieht, wenn man die Wolken betrachtet«, – mehrere Elfen murmelten Kommentare über die Gewitterwolken, die sich im Westen ballten –, »haben wir vielleicht das Wetter auf unserer Seite.«

Der Hauptmann salutierte vor Lord Tyresian, welcher die Geste erwiderte. Dann hob der Elfenlord einen Arm, und es kehrte Ruhe ein, während ihn die Jäger erwartungsvoll ansahen.

Blaßgelbes Licht strahlte am östlichen Horizont, aber im Westen war der Himmel dunkel, als würde dort noch die Nacht regieren. Der Sturm hatte sich bereits seit Tagen über den Bergen in der Ferne zusammengebraut, Kraft gesammelt, die Wolken höher aufgetürmt und an Dunkelheit zugenommen. Über Nacht hatte er sich nach Osten in Bewegung gesetzt und bedrohte das Land wie eine gewaltige, finstere Wand. In den Wolken zuckten Blitze, und Tanis konnte schon das leise Grollen des Donners in der aufgeladenen Luft wahrnehmen.

Da kam der Trompetenstoß, und Lord Tyresian winkte die Jäger auf die Brücke. Mit einem Schrei der Begeisterung trieben die Elfen ihre Pferde zu dritt nebeneinander auf die Brücke, und Tanis fiel unwillkürlich mit ein. Der Schrei löste sich einfach aus seiner Kehle, und er war so alt wie die Welt selbst, so alt wie Leben und Tod.

»Reorx rette mich«, sagte Flint leise zu sich selbst, als Windsbraut, Belthar und Gilthanas' Stute sich der Brücke näherten. »Wenigstens bin ich in der Mitte. Junge«, dabei drehte er sich plötzlich zu dem Halbelfen um, »du sagst mir aber, wenn ich gleich über den Rand kippe, ja?« Als Tanis nickte, senkte der Zwerg sein Gesicht. Gerade bevor seine Haare nach vorn fielen, um das Gesicht zu verbergen, sah Tanis noch, wie Flint die Augen zukniff.

»Was ist mit ihm?« fragte Gilthanas in scharfem Ton.

»Ist er krank?«

Tanis schüttelte den Kopf. »Ein kurzes Gebet. Ein religiöser Brauch bei den Zwergen.« Er sah ein Lächeln über Flints kantige Züge huschen. Nach einiger Zeit folgte dem Lächeln ein hörbarer Seufzer der Erleichterung, als die Hufe der Pferde nicht mehr auf Holz, sondern auf die festgetretenen Steine an der Westseite der Schlucht traten.

Im grünen Wald war die Luft vom frischen Duft der Pinien und Pilze erfüllt, ein fast heilsamer Geruch, der Tanis' Kopf klärte und seine Stimmung hob. Der Halbelf hörte jedes Rascheln der kleinen Waldtiere im Unterholz, sah deutlich den Umriß jedes Blatts vor dem Himmel über sich. Die Elfen trieben ihre Reittiere auf verschlungenen Wildpfaden immer tiefer in den Wald, und Baum auf Baum blieb hinter ihnen zurück.

Der Morgen blieb kühl. Gelegentlich nieselte es, während die Sturmwolken von Westen heranzogen. Fährtensucher der Palastwache ritten vor der Freiwilligenschar her, jedoch ohne Erfolg. Die einzigen Tiere, die die Jäger erblickten, waren Eichhörnchen, Streifenhörnchen und ein Waldmurmeltier, das vom Winterschlaf noch ganz abgemagert war. Die Hörnchen schossen sofort davon. Das Murmeltier spähte auf einem kleinen Hügel über einen Baumstumpf und ließ die Jäger vorbeiziehen.

Der Pfad war gerade breit genug für zwei Reiter nebeneinander. Stellenweise reichte das dichte Unterholz fast bis auf den Pfad. »Das gefällt mir nicht«, sagte Tanis zu Flint, der ihm zustimmte. Immer wieder glitt die Hand des Halbelfen zu seinem Schwert und strich liebevoll über die verbundenen Buchstaben »E« und »K« auf der Glocke.

Die Unterhaltungen der Jäger waren längst abgebrochen. Die einzigen Geräusche waren das gelegentliche Zetern der Vögel, das Knirschen der Ledersättel und das Schniefen eines allergischen Zwergs. Einmal nieste Flint, woraufhin Xenoth sich im Sattel umdrehte und »Psst!« zischte.

»Kann ich etwa was dafür?« gab Flint so leise zurück, daß es nur Tanis hören konnte.

Schließlich hob Tyresian einen Arm in die Höhe, und alle machten halt. Einer der Fährtenleser stand neben dem Pferd des Elfenlords. Seine eine Hand lag auf dem glänzenden Hals von Tyresians Hengst, die andere zeigte nach vorne. Die Nachricht wurde von einem zum anderen nach hinten durchgegeben.

»Sie haben die erste Spur gefunden!« flüsterte Gilthanas Tanis und Flint zu. Der Zwerg packte die Zügel so fest, daß seine Knöchel weiß wurden.

»Was denn?« fragte Tanis.

Die Antwort wanderte durch die Reihe wie beim Kinderspiel »Weitersagen«: Nur wenige Stunden alte Spuren mit fünf Zehen im feuchten Boden, vier Zehen zeigten nach vorn, eine nach hinten. Das Tier war eindeutig auf Nahrungssuche.

»Und schon sind wir da«, bemerkte Flint griesgrämig,

während er sich nach allen Seiten umsah und seine Streitaxt wie einen Talisman festhielt. »Mittagessen.«

»Werden wir den Tylor nicht kommen hören?« fragte Tanis.

»Nicht unbedingt«, antwortete Flint. »Er liegt vielleicht auf der Lauer.«

Die Freiwilligen ritten jetzt mit ernsten Gesichtern einzeln hintereinander. So würde das Monster weniger Jäger erwischen, wenn es plötzlich aus dem Unterholz brach. Sie ritten zügig weiter, aber jeder Mann hielt eine Waffe bereit. Die meisten Elfen hatten Kurzschwerter.

Die Mittagszeit verstrich, ohne daß die Jäger es registrierten. Sie hatten keine Zeit, an Essen oder Rast zu denken. Eine ganze Zeitlang hatten sie die Spur verloren, aber nach einer Stunde Suchen fanden sie sie wieder. Jetzt war sie frischer als vorher. Die Jäger trabten einen engen, matschigen Pfad entlang, um die Fährte zu verfolgen. Tanis mußte sich alle paar Sekunden bücken, um den tiefhängenden Zweigen auszuweichen.

Plötzlich bäumten sich die Pferde an der Spitze auf, weil ihre Reiter fest an den Zügeln gerissen hatten.

»Was ist los?« zischte Flint hinter Tanis.

Der Halbelf stellte sich in seinen Steigbügeln auf. Der Pfad führte auf eine Lichtung. Xenoth gestikulierte mit den Armen, während der Ratgeber wild auf Porthios und Lord Tyresian einredete, die ungerührt geradeaus blickten, als wenn Xenoth überhaupt nicht da wäre.

Gilthanas drehte sich im Sattel um und beantwortete Flints Frage. »Da vorne ist ein Graben. Xenoth will ihn umgehen. Tyresian meint, wir könnten drüber hinwegspringen.«

»Springen?« erkundigte sich Flint sofort. »Mit einem Maultier?« Er war entsetzt.

Tanis lenkte Belthar um Gilthanas herum, trieb das Tier nach vorn, wobei er die ärgerlichen Blicke der anderen Jäger ignorierte, und grüßte Tyresian und Porthios. Die drei begutachteten den Graben: zwei Elfen tief und die Wände zu steil für Pferde oder Elfen. Reste einer Brücke lagen zersplittert auf dem Boden des Grabens.

»Das ist nicht sehr breit«, sagte Tyresian.

»Wir könnten drüberspringen«, stimmte Porthios zu.

»Die meisten Pferde würden den Sprung schaffen«, sagte Tanis, »aber was soll Flint machen?«

Tyresian sah sich nach hinten um, an den Jägern in Leder und Silber vorbei. Die Waffen der Elfen glänzten im Mittagslicht. Flint und Windsbraut am Ende der Schlange sahen wie die letzten aus einem ungewöhnlich großen Wurf Junge aus.

»Zurückbleiben«, erklärte Tyresian, dessen blaue Augen hart wurden. »Er wird schon einen Weg außen herum finden.« Porthios rutschte unruhig hin und her, wollte etwas sagen, schwieg dann aber.

»Einen Weg außen herum?« fauchte Tanis. »Dieser Graben erstreckt sich in beide Richtungen weiter, als wir sehen können!«

»Keiner hat den Zwerg gebeten mitzukommen«, erwiderte Tyresian. »Soll er umkehren.«

»Alleine? Wenn ein Tylor frei im Wald herumrennt?«

Die schönen Züge des Elfenlords wurden streng. »Du unterstehst bei dieser Operation meinem Kommando«, flüsterte Tyresian. »Außerdem bist du ein erstklassiger Schwertkämpfer und Bogenschütze, Halbelf.«

»Lord Tyresian«, sagte Porthios warnend, so daß der Befehlshaber sich zu dem Adligen umdrehte.

»Es sieht so aus, als säßen wir in der Sackgasse«, rief Tyresian. »Wir können diesen Graben überqueren und den Tylor aufspüren, der in diesem Teil von Qualinesti Elfen und Tiere umgebracht hat. Oder wir können in Schande umkehren.« Er nahm sich Zeit, die Elfen zu mustern und jedem einzelnen Teilnehmer ein paar Augenblicke direkt ins Gesicht zu blicken. »Wer will weitermachen?«

Die Gruppe schwieg eine Weile. Dann gab Gilthanas seiner Stute die Sporen, galoppierte an Tyresian und Porthios vorbei, ohne ihnen einen Blick zuzuwerfen, und mit diesem Anlauf setzten Pferd und Reiter über den Graben, beschrieben einen Bogen in der Luft, und bei der Landung spritzten Erde und Steine auf. Gilthanas wendete und salutierte.

Ulthen, Litanas, Miral, Porthios und die meisten anderen folgten rasch Gilthanas' Beispiel und warteten dichtgedrängt auf der anderen Seite des Grabens. Bald waren nur noch Tyresian, Tanis, Flint und Xenoth übrig. Tyresian zügelte sein nervöses Pferd und lächelte die drei hochmütig an. »Nun?«

Xenoth plusterte sich auf. »Lord Tyresian, Ihr könnt doch nicht im Ernst daran denken, uns hier zurückzulassen ...«

»Dann kommt nach«, meinte der Elf ungerührt. »Ihr wart derjenige, der auf Allianz reiten wollte, Xenoth. Sicher seid Ihr Reiter genug, um über diesen Graben zu springen.«

»Aber diese Mähre kann –«

»Versucht es!« Tyresian schlug Image mit der flachen Klinge auf den Rücken. Das Pferd sprang los, Xenoth verlor die Zügel und klammerte sich an die Mähne, bis die Stute direkt vor dem Abgrund scheute und den Berater ohne Federlesens abwarf. Mühsam erhob sich Xenoth vom steinigen Boden, während Tyresian auf Primordan vorbeifegte, elegant über den Graben setzte und dann die Reiter auf der anderen Seite auseinanderstieben ließ. Danach führte der Elfenlord die Jäger weiter – alle bis auf einen.

Porthios wartete noch am Graben. Schließlich legte er die Hände an den Mund und schrie hinüber: »Alles in Ordnung! Reitet zum Palast zurück!« und folgte den anderen Freiwilligen.

»Tanis«, riet Flint. »Reite mit ihnen. Lord Xenoth und ich werden umkehren, wie er gesagt hat.«

»Was?« quäkte der Berater, der wieder aufgestiegen war. »Und ich bleibe mit einem Zwerg als Beschützer zurück?«

Flint schnaubte. »Beschützer, wie?« warf ihm der Zwerg vor. »Ich würde eher meine Windsbraut beschützen als Euch.«

Er tätschelte dem grauen Maultier den Hals. »Tanis, Belthar kann leicht über den Spalt setzen. Mach schon.«

Tanis kniff die Augen zusammen. »Wir werden uns nicht trennen. Sogar Xenoth könnte von Nutzen sein, wenn wir den Tylor treffen.«

Der Zwerg sah Xenoth nicht an. »Da rechne mal nicht mit«, sagte Flint. »Außer du denkst daran, ihn als Köder zu benutzen.« Er musterte den hageren Berater. »Aber selbst dann ...«

Xenoth wendete und trieb Image an, um den steinigen Pfad nach Qualinost zurückzutraben. Flint und Tanis sahen wortlos zu. Als Xenoth schließlich um eine Biegung ritt, schrie Flint: »Reitet nicht zu weit voraus! Der Tylor könnte Euch allein erwischen!«

Der Berater hielt an. Seine braungesprenkelte Stute warf den Kopf herum und tänzelte aufgeregt seitwärts weg. Tanis runzelte die Stirn. »Da stimmt etwas nicht«, sagte er. »Sieh dir das Pferd an. Image ist kein nervöses Tier.«

Eine unheimliche, verfrühte Dämmerung senkte sich über den Wald, der für ihre Augen fast undurchdringlich war. Kein Windhauch bewegte die Espenblätter. Die Eichhörnchen und Streifenhörnchen waren verschwunden. Noch Augenblicke zuvor waren sie durchs Unterholz gesprungen und spielerisch die Pfade am Graben entlanggehüpft.

»Flint ...«

Der Zwerg hielt bereits seine Streitaxt in der Hand. »Ich weiß, Junge. Keine Vögel. Keine Tiere. Als ob ...« Er suchte die Umgebung ab und winkte Xenoth zurück.

Tanis beendete den Satz für ihn. »Als ob alle Tiere sich verkrochen hätten.«

Ein tiefes Grollen durchzog die Luft. Flint und Tanis wechselten einen Blick. »Donner?« fragte Tanis.

»Ich hoffe es«, erwiderte Flint.

Der Sturm brach los, als Xenoth auf halbem Weg zurück war. Noch dreißig oder vierzig Schritt trennten sie von ihm.

Aber der Sturm kam in Gestalt eines Tylors.

»Reorx!« brüllte der Zwerg. Die Büsche links neben Xenoth zitterten, und dann schoß ein graugrünes Etwas mit einer Gewalt, die Blätter und Zweige durch die Luft wirbelte, aus dem Unterholz. Der Berater kreischte, und Image brach zusammen, denn das wilde Tier hatte ihr mit einem einzigen Zuschnappen seines klaffenden Mauls den Hals gebrochen. Der Berater war abgeworfen worden und hart auf dem Rücken gelandet. Mit schmerzverzerrtem Gesicht rollte er sich langsam herum, während das Monster damit beschäftigt war, das tote Pferd zu zerreißen. Xenoths Gesicht nahm einen entsetzten Ausdruck an, als er sah, was der Tylor mit dem Tier anstellte. Er sprang auf und rannte in Panik davon, weg von Tanis und Flint, direkt ins Unterholz.

»Xenoth!« schrie Tanis. Er sprang von Belthars Rücken, und Flint rutschte von Windsbraut. Ihre Reittiere donnerten den Weg zurück, wobei das Maultier um Längen voraus war.

»Xenoth ist da hinten sicherer, Junge«, rief Flint, der Tanis hinter den vermoderten Stamm einer umgestürzten Eiche zog. Zwischen dem Baum und dem Rand des Abgrunds lagen kaum sechs Fuß.

Der Tylor schob seinen schuppigen Körper ganz auf die Lichtung, erhob seinen spitzen, gepanzerten Kopf und brüllte herausfordernd. Dann stellte sich das Tier auf dem steinigen Boden auf, öffnete sein Maul und begann, magische Worte zu singen. Das Wichtigste dieser Worte war der Name »Xenoth«.

»Bei den Göttern!« Der Halbelf rutschte näher zu Flint. »Was macht er da?«

Anstatt die Frage zu beantworten, murmelte Flint: »Es ist ein intelligentes Wesen.«

»Können wir … Können wir mit ihm verhandeln?«

Flint griff nach seinem Arm. »Würde ich jetzt im Moment nicht empfehlen, Junge.«

Das Untier brüllte wieder und sang weiter. »Xenothi tibi, Xenothi duodonem, Xenothi viviarandi, toth«, rief es immer wieder.

»Flint, wir müssen die anderen rufen«, sagte der Halbelf.

»Ich glaube, das hat das Monster schon für uns getan«, antwortete der Zwerg, und er zeigte auf die andere Seite des Grabens. Tyresian, Miral und Litanas standen eng beieinander am Rand und wußten sich offenbar nicht zu helfen. Wenn sie über den Graben setzten, würden Pferd und Reiter nur zehn Fuß von dem Monster entfernt landen, also in Reichweite seines tödlichen Peitschenschwanzes. Schon jetzt hatte das nervöse Zucken der Bestie aus den Büschen hinter ihr halbkreisförmig Kleinholz gemacht.

Die drei Fuß langen Hörner auf dem Kopf des Tiers sahen gefährlich aus. Die gelben Augen waren halb geschlossen, als es weitersang: »Xenothi morandibi, Xenothi darme a te vide, toth.« Die Klauen seiner Vorderbeine scharrten auf dem steinigen Boden; Kies flog ins Unterholz.

»Reorx!« rief der Zwerg wieder aus.

Mit entsetzten, glasigen, grauen Augen trat Xenoth aus dem Unterholz auf die Lichtung. Er näherte sich dem Monster, denn er konnte seinem Ruf anscheinend nicht widerstehen. Das Singen wurde stärker. Einer der Adligen auf der anderen Seite des Grabens schrie vor Grauen auf. Tanis erhob sich. »Xenoth!«

Tyresian rief von drüben her: »Halbelf! Bleib, wo du bist!« Aber Tanis sprang über den Stamm und legte im Rennen einen Pfeil auf. Flint folgte ihm mit geschwungener Streitaxt.

Von der Schwanzspitze bis zu seiner schnabelartigen Schnauze war das Tier fast sechzig Fuß lang und war praktisch komplett mit harten Hornschuppen gerüstet. Tanis kniete sich hin, nahm den Bogen und zielte auf den Kopf des Tylors. Sein Pfeil ging in dem Moment los, als der dreißig Fuß lange Schwanz weit links von Tanis durch die Luft zuckte. Das rasiermesserscharfe Ende zerteilte eine junge Espe, um dann den Berater zu treffen. Xenoths Schrei erstarb in einem Gurgeln.

Die Worte »Beweg dich nicht, Tanis!« kamen von der anderen Seite des Grabens. Der Halbelf blieb, wo er war, schoß aber einen zweiten Pfeil auf den Tylor ab.

Plötzlich donnerten Hufe über die matschigen Steine neben Tanis. Miral in seiner roten Tunika jagte auf den Tylor zu und sang beim Reiten. Ein Blitz schoß aus seinen Fingern auf das Tier zu, noch während der Tylor einen neuen Spruch anstimmte.

Die folgende Explosion erschütterte die Lichtung und schickte Tanis und Flint zu Boden. Benommen sahen sie zu, wie der Rest der Jäger über den Graben setzte.

Die Schreie des Tylors gellten durch die Lichtung, während seine Klauen tiefe Kerben in die steinharte Erde rissen. Er versuchte, sich vor dem Pfeilregen, der sich jetzt von der Phalanx des Elfenadels über ihn ergoß, ins Unterholz zu retten. Tanis und Flint konnten nur dasitzen und zusehen.

Schließlich war der Tylor tot. Seine eine Seite war völlig verbrannt, überall in seiner Haut steckten Pfeile, und einer stak aus seinem Auge hervor. Er lag auf der Seite. Nur zehn Fuß von dem Untier entfernt lag Miral auf dem Bauch und richtete den Oberkörper auf. Sein Gesicht war schwarz vor Asche, und eine Hand blutete.

Xenoth lag mit dem Gesicht nach unten tot auf dem schlammigen Felsboden der Lichtung. Blut durchtränkte seine silberne Robe und sickerte in die Erde. Der peitschende Schwanz des Tylors hatte ihm die Brust zermalmt. Litanas, Xenoths Assistent, kniete sich neben ihm hin und rief etwas Unverständliches.

Dann sah es plötzlich so aus, als ob alle Elfen Tanis anstarrten. Selbst Flint schaute ihn mit ungläubigem Blick an. »Was ist denn?« fragte der Halbelf.

Litanas trat beiseite, damit Tanis es sehen konnte.

In Xenoths Herz steckte der Pfeil des Halbelfen.

Kapitel 4

Der Pfeil

Tanis sah von einem Gesicht zum anderen. Überall die gleiche Anklage auf dem Gesichtern. Nur Flint wirkte nicht ganz so überzeugt, daß der Halbelf den Berater getötet hatte.

»Ihr habt es doch gesehen!« schrie Tanis. »Ihr habt es alle gesehen! Ich habe nach rechts geschossen, auf den Körper des Monsters. Xenoth war links, als ihn der Schwanz des Tiers traf. Wie hätte mein Pfeil ihn treffen können?«

»Aber er hat ihn getroffen, Tanis« sagte Porthios ruhig.

Tyresian machte eine Handbewegung, und mehrere Elfen traten vor, als wenn sie den Halbelfen festnehmen wollten. Mit einem Satz sprang Flint, der immer noch seine Streitaxt umklammerte, zwischen Tanis und seine Häscher. Er erhob die Waffe, funkelte die sich nähernden Elfen wild an und brüllte: »Halt!« Da sie offensichtlich vor dem Anblick eines kampfbereiten Zwergs zurückschreckten, blieben die Adligen stehen.

»Wir haben uns freiwillig zu dieser Expedition gemeldet, obwohl wir wußten, daß wir dabei sterben konnten«, sagte Flint wütend. »Stimmt das etwa nicht?«

Ulthen, der mit Litanas bei Xenoth gekniet hatte, stand auf. Sein Umhang war blutbespritzt. »Aber wir erwarteten, daß uns das Maul des Tylors den Tod bringt, Meister Feuerschmied, nicht einer unserer eigenen Jäger.«

Die Elfen murmelten grimmig. Der Berater war bei vielen Höflingen unbeliebt gewesen, so daß sein Tod kaum echte Trauer hervorrief; schlimmer war eher der Schock darüber, daß er anscheinend von der Hand eines anderen Elfen gekommen war.

»Wer sagt, daß Tanis ihn getötet hat?« hakte Flint nach.

Tyresian seufzte laut. »Es war Tanis' Pfeil, Meister Feuerschmied. Und jetzt laßt uns ...«

Aber Flint beharrte: »Lord Xenoth war schon tot, als der Pfeil ihn traf.«

»Woher wollt Ihr das wissen?« fragte Tyresian höhnisch. Hinter Tyresian hatte Litanas den gelb-roten Pfeil aus Xenoths Brust gezogen und legte seinen Reiseumhang über den Körper seines ehemaligen Vorgesetzten. Einige andere Adlige standen abseits, untersuchten den Körper des Tylors, blickten zu Tanis und Tyresian und unterhielten sich leise.

Flint verschränkte die Arme vor der Brust. Noch immer hielt er die Axt in seiner dicken Hand. »Ich habe es gesehen.«

»Macht Euch nicht lächerl ...«

Flint unterbrach ihn und erhob dabei seine Stimme so laut, daß sie über die Lichtung gellte. »Ich war hier, Lord Tyresian. Ihr und die anderen wart auf der anderen Seite des Grabens. Ich konnte besser sehen als ihr.«

»Sie haben gestritten«, sagte Tyresian störrisch. »Tanis hat Xenoth an den Ställen schon fast bedroht. Wer kann sagen, ob sein Menschenblut den Halbelfen nicht zur Rache gedrängt hat? Und wer würde dem Wort eines Zwergs trauen, der außerdem zufällig der beste Freund des Halbelfen ist?« Er drehte sich zu Litanas und Ulthen um. »Bindet ihm die Hände zusammen. Wir kehren nach Qualinost zurück und legen der Stimme der Sonne den Fall vor.«

Aber inzwischen hatte sich Miral, unterstützt von Porthios und Gilthanas, endlich aufgerichtet. Er taumelte vor, wobei er seine blutende Rechte im Mantel verbarg. Seine Augen waren von Schmerz und Zorn überschattet. »Ihr macht einen Fehler, Tyresian.«

Tyresian fuhr auf: »Zauberer, Ihr vergeßt, wer hier der Anführer ist.«

»Das Kommando zu haben, erfüllt Euch nicht gerade mit Weisheit, Lord Tyresian«, erwiderte der Magier.

Flint mischte sich ein. »Laßt uns Lord Xenoths Körper untersuchen. Vielleicht bringt uns das weiter.«

Nach einer langen Pause, während der mehrere Elfen über die Lichtung zur Leiche des Beraters gingen, nickte Tyresian und drängte sich durch die Elfen, die um den Körper herumstanden. Flint folgte ihm. Der Elfenlord kniete sich hin, um Xenoth vorsichtig den Mantel vom Gesicht zu ziehen. Das Antlitz des Beraters war totenstill und überraschend unversehrt. Sein weißes Haar bewegte sich im Wind. Er sah aus, als würde er gleich die Augen aufschlagen und sprechen.

»Weiter, Lord Tyresian«, mahnte Flint. »Seht Euch seine Brust an.«

Der Elfenlord holte tief Luft und zog den Mantel zurück. Der messerscharfe Schwanz des Tylors hatte Xenoths Brust aufgerissen und zerteilt. Gilthanas wurde blaß. Porthios legte seinem Bruder beruhigend die Hand auf den Arm.

»Wo ist der Pfeil?« fragte Flint.

»Hier.« Die Stimme gehörte Litanas, der durch die anderen Elfen herantrat und Tyresian den Pfeil überreichte. Ein volles Drittel des Schafts war blutig. Litanas zeigte mit Zorn in den braunen Augen auf den Schaft. »Das Blut von Lord Xenoth«, sagte er.

Der Zwerg blieb ruhig. »Das bestreite ich nicht.«

»Nun, es ist eindeutig Tanis' Pfeil«, beharrte Tyresian.

»Sicher«, räumte Flint ein. »Auch das bestreite ich nicht. Ich habe die Spitze sogar selbst hergestellt.«

Tyresian bedeckte Xenoth wieder mit dem Mantel und stand auf. »Ja, und Zwerg?« schimpfte er, während er sich über Flint aufbaute.

»Bei Reorx, benutzt doch Euer Hirn, Elf! Fällt Euch denn gar nichts auf an dem Pfeil?« Flint legte alle ihm mögliche Verachtung in diese Aussage.

Porthios gesellte sich zu Tyresian und untersuchte die Waffe. Schließlich äußerte der Erbe der Stimme vorsichtig: »Es ist ein perfekter Pfeil. Er hat Blutflecken, aber sonst nichts Besonderes.«

»Richtig«, nickte Flint.

»Also?« Tyresians Stimme bebte vor Herablassung. »Ihr habt zugegeben, daß es der Pfeil des Halbelfen ist. Also?«

Porthios gab einen leisen Laut von sich, woraufhin Flints Blick zum Sohn der Stimme wanderte, dessen Augen plötzlich Begreifen verrieten. »Ihr versteht, nicht wahr?« fragte Flint.

Porthios nickte und erklärte: »Wenn Tanis' Pfeil Lord Xenoth vor dem Schwanz des Tylors getroffen hätte, dann wäre der Pfeil von dem Tier zermalmt worden. Wie Ihr sehen könnt, ist der Pfeil unversehrt.«

Die schmalen, blauen Augen des Anführers weiteten sich. Dann holte er mit einem Arm aus, wobei er beinahe Gilthanas gegen Miral gestoßen hätte. »Trotzdem hat sein Pfeil den Weg zu Xenoth gefunden. Was soll's, wenn der Halbelf ihn nicht getötet hat. Tanis hat sich trotzdem eines schwerwiegenden Fehlers schuldig gemacht.«

Flint und Tyresian standen lange reglos da und lieferten sich ein Duell mit Blicken. Schließlich durchbrach Mirals Stimme den Baum. »Dieses ganze Gerede bringt den Körper unseres Mitstreiters nicht zurück nach Qualinost«, bemerkte er erschöpft. »Ich schlage vor, wir kehren unverzüglich zurück und tragen die Angelegenheit der Stimme vor.«

Tyresian sträubte sich. »Eine Frage habe ich noch«, sagte er. »Wer hat den Tylor getötet? Tanis?«

»Hat vielleicht der Zauberer das Vieh getötet?« murmelte Litanas. Mehrere andere Elfen nickten zustimmend. »Seht Euch doch seine Hand an. Selbst von der anderen Seite des Grabens haben wir den Blitzschlag aus seinen Fingern kommen sehen, der die Echse traf.«

Porthios schaute Miral an, der immer noch von Porthios' jüngerem Bruder gestützt wurde. »Zeigt uns Eure Hand, Magier«, befahl Porthios.

Mirals Kapuze war nach hinten gerutscht und enthüllte sein blasses Gesicht, und der Magier kniff die Augen gegen das Licht zusammen. Behutsam zog er seine rechte Hand unter dem Mantel hervor. Der Ärmel hing in Fetzen. Von den ersten beiden Fingern fehlten die Nägel, und alle fünf Finger waren von der Spitze bis zur Handfläche schwarz. Tiefrote Streifen zogen sich vom Handgelenk des Magiers bis zu einer Narbe an seinem Ellbogen.

Diesmal war es Flints Stimme, die sich über die anderen erhob. »Ich wußte nicht, daß Ihr zu solcher Magie fähig seid, Miral.«

Der Magier wirkte verstört. »Ich auch nicht.« Er schien am Rand des Zusammenbruchs zu sein.

»Was ist geschehen?« fragte Porthios freundlich.

Der Zauberer sprach stammelnd, wobei auf seinen bleichen Wangenknochen jeweils ein roter Punkt sichtbar wurde. »Ich sah, wie das Untier Flint und Tanis bedrohte«, sagte Miral. »Ich bin kein großer Zauberer. Unter gewöhnlichen Umständen hätte ich keine Macht gegen so ein Tier. Ich bin nur mitgekommen, um Euch zu versorgen, falls jemand verletzt werden würde.

Als ich das Monster über Tanis stehen sah, konnte ich den Gedanken nicht ertragen, noch einen geliebten Freund so gewaltsam enden zu sehen. Ich … ich dachte an Arelas, wenn Ihr es unbedingt wissen wollt, und plötzlich waren mein Pferd und ich bei Tanis und Flint auf der Lichtung, und … ich fühlte eine nie gekannte Kraft in mir.« Der Atem des Magiers ging flach, seine Stimme war nur noch ein Flüstern. »Ich fühlte einen Ruck, als wäre ich aus großer Höhe abgestürzt, und meine Hand … tat weh. Dann bin ich auf dem Boden aufgewacht, als alles um mich herum so aussah.«

Eine Geste seiner linken Hand schloß den Berater, den toten Tylor und die blutige Lichtung mit den Blatt- und Rindenfetzen ein. Dann brach Miral zu Tode erschöpft auf dem Boden zusammen.

* * *

Die Jagdgesellschaft ritt langsam durch den Wald. Der Regen hielt sich immer noch zurück, doch die drohenden Wolken erregten die Gemüter, die von den Ereignissen auf der Lichtung bereits strapaziert waren. Xenoths Körper hatte man quer über Litanas' Pferd gelegt. Litanas ritt auf Tyresians Anordnung hin mit Ulthen zusammen. Sein Pferd tänzelte nervös und verdrehte die Augen, weil es das Blut witterte.

Porthios und Gilthanas hielten sich nah bei Tanis und Flint. Obwohl die Elfenbrüder nichts sagten, war ihr Verhalten deutlich genug. Sie bewachten Tanis, bis sein Fall der Stimme vorgelegt werden konnte.

Miral war aus seiner Ohnmacht erwacht und ritt mit einem der Adligen auf einem Pferd, damit dieser den geschwächten Magier stützen konnte. Sein Pferd führten sie am Zügel hinter sich her.

Der Rückweg nach Qualinost zog sich endlos hin. Über ihnen dröhnte der Donner, und der Wind wurde stärker, ohne daß Regen die Spannung in der aufgeladenen Luft löste.

Als sie sich den Grenzen der Stadt näherten, trieb Gilthanas seinen Apfelschimmel an, um die Wachen von ihrem Kommen zu informieren. Der Sonnenturm ragte gespenstisch in den bleiernen Himmel auf. Bei ihrer Ankunft am südlichen Bogengang wurden sie von vier Wachen erwartet.

»Diese Wachen werden Tanis zu seinem Zimmer begleiten, wo er unter Aufsicht steht, bis wir mit der Stimme gesprochen haben«, sagte Gilthanas.

Flint protestierte. »Das heißt, der da«, und er zeigte auf Tyresian, »bekommt Gelegenheit, der Stimme seine Version der Geschichte zu erzählen, ohne daß Tanis dabei ist und sich verteidigen kann? Ist das elfische Gerechtigkeit?«

Porthios sagte: »Als Anführer der Expedition hat Lord Tyresian das Recht, der Stimme der Sonne Bericht zu erstatten.«

»Werdet Ihr auch dort sein?« fragte Flint Porthios.

»Natürlich. Genau wie Gilthanas. Und Miral, wenn er kräftig genug ist.«

»Dann komme ich auch mit«, erklärte der Zwerg. »Ich werde der Stimme die Sache aus Tanis' Sicht erläutern.« Flint schob das Kinn vor und machte damit klar, daß ihn nichts davon abbringen würde.

Zwei Wachen in ihrer glänzend schwarzen Uniform begleiteten Tanis, der immer noch auf Belthar saß, durch die Straßen von Qualinost zum Palast. Das ernste Dreiergespann zog Blicke der Passanten auf sich, aber insgesamt schienen die Bewohner der Stadt nichts Besonderes daran zu finden, daß das Mündel der Stimme mit zwei Palastwachen unterwegs war.

* * *

»Aus dem Weg!« hörte Tanis Stunden später eine tiefe Stimme vor der Tür zu seinem Zimmer im Palast schelten. Der Halbelf, der aus dem Fenster in den Hof gestarrt hatte, drehte sich zu dem Lärm um.

»Wer da?« kam die Stimme der einen Wache, doch Tanis schüttelte den Kopf. Er kannte diese Stimme.

»Du weißt verdammt gut, wer da ist«, brüllte Flint. »Jetzt laß diesen Unsinn und laß mich durch. Ich will mit Tanis reden, und ich warne dich, leg dich nicht mit mir an.«

»Aber, Meister Feuerschmied, Tanis ist ein Gefangener«, erhob eine Wache Einspruch. »Er kann nicht –«

»Gefangener, Quatsch!« spuckte der Zwerg aus. »Ich komme auf Anordnung der Stimme der Sonne. Jetzt laß mich rein, oder, bei Reorx, ich werde ...«

Tanis konnte sich den Ausdruck in den stahlblauen Augen des Zwergs in diesem Moment vorstellen. Dann klimperten Schlüssel. Die schwere Tür ging nach innen auf, und der Zwerg trat ein.

Zu Tanis' Überraschung erschien der Zwerg in Begleitung von Miral. Die rechte Hand des Zauberers war dick verbunden und sein Gesicht so farblos wie seine Augen, doch er wirkte erfreut.

Die Wache machte die Tür zu und war offenbar froh, den Zwerg auf der anderen Seite zu wissen.

Flints grimmiges Gesicht konnte nicht verbergen, daß er ebenso erfreut war wie Miral. »Wir haben der Stimme alles erklärt«, sagte der Zwerg, der nicht Platz nahm. Er blieb lieber auf dem dicken, handgeknüpften Teppich stehen, der in Grün-. Braun- und Orangetönen eine Hirschjagd darstellte.

Miral ging zu einem mit Segeltuch bespannten Espenstuhl neben einem wenig benutzten Tisch, an dem Tanis gewöhnlich schrieb. Der Zauberer ließ sich auf dem Stuhl nieder. Tanis bot ihm Wasser aus einem Porzellankrug an, doch der Zauberer schüttelte müde den Kopf.

»Dein Freund da«, sagte Miral mit einem Nicken zu Flint, »hat der Stimme alles erzählt, was auf der Lichtung passiert ist

– wie Xenoth meterweit von der Flugbahn beider Pfeile entfernt war, wie du geschossen hast, um den Berater zu beschützen, als das Untier angriff …«

»… und wie Miral auf die Lichtung geprescht kam, um seine Magie gegen den Tylor einzusetzen«, ergänzte Flint. »Es gab ein bißchen Streit darüber, wer das Tier getötet hat. Der Magier besteht darauf, daß es dein Pfeil war, der den Tylor getötet hat. Andere haben behauptet, daß es das Zauberfeuer war.«

Tanis konnte leicht erraten, wer diese »anderen« waren. Er lehnte sich aus Fensterbrett und verschränkte die Arme vor der Brust. Seine Jagdkleidung hatte er gegen ein weiches Lederhemd und eine enge Hose aus Hirschhaut getauscht.

Miral warf ein: »Tanis' Pfeil steckte im Auge des Tiers. Ich habe bloß ein bißchen Rauch und Feuer erzeugt.«

Flint zog eine Augenbraue hoch. »Dein ›bißchen Rauch und Feuer‹ war erheblich mehr als bloße Ablenkung.« Er sah den Halbelfen an. »Was wichtiger ist, der Magier hat auch eine Erklärung für die merkwürdige Flugbahn deines Pfeils geliefert.«

Tanis blickte Miral wortlos an. Der Zauberer lächelte. »Tyloren sind zu starker Magie fähig. Ich bin das nicht, wie du weißt. Aber irgendwie konnte ich dort in der Lichtung einen Blitzschlag loslassen, der so stark war, daß er mich aus dem Sattel warf und das Tier vielleicht wirklich getötet hat.«

»Und?« fragte Tanis, der nicht recht wußte, worauf der Zauberer hinaus wollte.

Miral richtete sich etwas auf und machte eine Geste mit der linken Hand. Die verbundene Rechte lag auf der Armlehne des Stuhls. »Ich habe nur Mutmaßungen darüber angestellt, ob der Tylor in der Hitze des Gefechts vielleicht einen Spruch gesprochen hat, den ich irgendwie unbewußt zurückgeworfen habe, so daß er wieder das Tier traf.«

»Geht das?« Tanis' Gesicht zeigte Zweifel.

Der Magier zuckte mit den Schultern und sackte wieder in sich zusammen. »Ich weiß nicht. Ist nur eine Vermutung. Aber wenn es so war – und ich weiß, das ist ein großes ›Wenn‹ –, könnte derselbe Ausbruch mächtiger Magie dann nicht auch den Pfeil von seiner Bahn abgelenkt haben?«

Tanis schaute den Zauberer fragend an. »Du willst sagen ...«

Miral holte tief Luft. »Daß das mit Lord Xenoth ein Unfall war, für den du keinesfalls verantwortlich bist.« Er hielt inne, um seine Gedanken zu ordnen. »Und daß du dich in Wahrheit angesichts des sicheren Todes ehrenhaft und tapfer verhalten hast, indem du Lord Xenoth retten wolltest.«

Flint stapfte zu Tanis' Tisch und nahm sich eine Handvoll kandierter Mandeln aus einer abgedeckten Holzschale. »Die Stimme sagt, sie wird sich mit hochrangigen Zauberern beraten, um herauszufinden, ob das eine mögliche Erklärung ist«, fügte er hinzu. »Und damit bist du anscheinend entlastet. Die Wachen von deiner Tür werden abgezogen.«

Als die Spannung endlich nachließ, wurde Tanis klar, daß er in den letzten achtundvierzig Stunden nur vier Stunden Schlaf bekommen hatte. Er gähnte ausgiebig, und Zwerg und Magier grinsten.

»Junge, du siehst aus, als wärst du in zwei Tagen um zehn Jahre gealtert«, sagte Flint, dem die Ringe unter seinen eigenen geröteten Augen offenbar nicht bewußt waren.

»Das bin ich auch.«

Ohne weitere Worte verließen Zwerg und Elfenzauberer daraufhin den Raum. Der eine machte sich zu seinem Laden auf, der andere zu seinen Zimmern im Palast. Tanis ging zum Schrank, um sich auszuziehen. Er hatte gerade sein Lederhemd abgestreift, als er ein Klopfen an der Tür hörte. Da er glaubte, es wäre Flint, ging er zur Tür und öffnete, ohne sich irgend etwas überzuziehen.

Eine helle Stimme begrüßte ihn, und Laurana trat aus den Schatten des Korridors in sein Zimmer. Sie schien zu zögern, was ungewöhnlich für sie war, aber angesichts von Tanis' leichter Bekleidung nicht überraschte. Nur eine einzige Lampe auf dem Tisch und das Mondlicht, das dahinter durchs Fenster fiel, erhellten das Zimmer. Das Lampenlicht ließ die Metallstreifen in ihrem langen Silberkleid glitzern. »Tanis.«

Er sagte nichts. Tanis hoffte, daß dieses Gespräch nicht lange dauern würde. Er war plötzlich so müde, daß er sich kaum noch auf die Elfenprinzessin konzentrieren konnte.

»Ich ...« Sie brach ab und setzte neu an. »Vater hat mir von dem Gespräch zwischen dir und ihm heute morgen erzählt.« Sie ging an ihm vorbei und stellte sich auf den dicken Teppich, wo vor wenigen Augenblicken noch Flint gestanden hatte.

Tanis blieb kopfschüttelnd an der Tür stehen. Hatte er sich wirklich erst heute morgen im Privatzimmer der Stimme mit Solostaran im Turm getroffen? Wie dringend der Halbelf seinen Schlaf brauchte. Er taumelte und hielt sich am steinernen Türrahmen fest.

»Er hat gesagt, daß du mich nicht liebst«, fuhr Laurana fort. »Zumindest nicht so, wie ich es gehofft habe.« Sie reckte das Kinn in die Höhe, doch ihre Erregung zeigte sich in der Art, wie sie die Spitze des Ärmels an ihrem Handgelenk glattstrich.

Dieses Gespräch mußte ihr schwerfallen, dachte Tanis plötzlich. Er hoffte, er würde es so kurz und ehrlich wie möglich durchstehen können. »Du bist meine Schwester«, sagte er sanft.

»Das ist nicht wahr!« protestierte Laurana. »Nur weil wir im gleichen Haus aufgewachsen sind, stimmt das noch lange nicht. Ich kann dich lieben, und das tue ich.« Sie kam zu ihm und ergriff mit ihren schlanken Fingern seine Hand.

Tanis stöhnte innerlich, doch er wußte, daß Laurana recht hatte. Sie waren nur durch Heirat verwandt – und selbst diese Verbindung war zweifelhaft. Ganz sicher war sie nicht wirklich seine Schwester. Aber wollte er das überhaupt? Er schüttelte den Kopf bei dem Gedanken an den goldenen Ring, der immer noch unten in seiner Lederbörse lag.

»Laurana, versteh doch bitte«, sagte Tanis matt. »Ich liebe dich wirklich. Aber ich liebe dich als –«

»– als Schwester?« brachte sie den Satz schneidend zu Ende und wich plötzlich zurück. »Das ist es, was du Vater heute morgen erzählt hast, nicht wahr? ›Ich liebe sie nur als meine Schwester.‹«

In der Stille der Zimmer konnte man nur ihr aufgeregtes Atmen hören. Als sie wieder sprach, war ihre Stimme bitter.

»Ich war dämlich, nicht wahr? Ich will dich nicht länger belästigen, Tanis, mein Bruder. Ich sollte dir wirklich dankbar sein, daß du mir die Augen geöffnet hast.«

Ihr Gesicht war so kalt wie die Quarzwände des Zimmers, aber Tanis sah, wie sich Solinaris Licht in ihren Tränen spiegelte.

»Ich könnte lernen, dich zu hassen, Tanis!« schluchzte sie, um dann an ihm vorbei auf den Gang zu rauschen und Tanis stehen zu lassen. Bevor sie am Ende des Gangs verschwand, drehte sie sich noch einmal um. Ihre Stimme klang schon fast wieder ruhig. »Wirf den Ring weg, Tanthalas.« Dann war sie fort.

Tanis versetzte sich innerlich einen Tritt. Das hätte man bestimmt besser machen können. Kopfschüttelnd seufzte er und schloß die Tür.

Kapitel 5

Die Medaille

A.C. 308, Frühsommer

Die Wochen vergingen, ohne daß weitere Worte über den Streit bezüglich Lord Xenoths Tod verloren wurden. Zwei Tage nach seinem Tod wurde der verdiente Berater in aller Stille beerdigt. Um die Wahrheit zu sagen, vermißte kaum jemand am Hof den reizbaren Lord, und mehr als ein Elf atmete heimlich erleichtert auf, weil er sich keinen verbalen Schlagabtausch mehr mit ihm liefern mußte.

Xenoths Beerdigung hielt das Volk nicht davon ab, spontan die Erlegung des Tylors zu feiern. Das Tier hatte viel dazu beigetragen, den Handel lahmzulegen, der für die Elfen immer wichtiger geworden war. Eine Zeitlang wurde der gehörnte Kopf des Tiers auf dem südwestlichen Wachturm ausgestellt, und lange Reihen von Elfen, viele mit aufgeregten Kindern im Schlepptau, schoben sich an der Trophäe vorbei.

Tanis merkte, wie ihm auf dem Großen Markt von den einfachen Elfen bewundernde Blicke zugeworfen wurden, während ihn die Höflinge in Turm und Palast mißtrauisch beäugten. Beides verursachte ihm Unbehagen. Außerdem ging ihm Laurana aus dem Weg und behandelte ihn bei den Gelegenheiten, wo sie einander nicht ausweichen konnten, betont kühl. Infolgedessen verbrachte er mehr Zeit denn je in Flints Laden und sah zu, wie der Zwerg Skizzen für die Medaille zu Porthios' Kentommen zeichnete.

»Gestern hat die Stimme Lord Xenoths Posten besetzt«, berichtete Tanis eines Morgens, während er Flints Hände beobachtete, die mit einem Stück Holzkohle über das Pergament flitzten.

»Mit ...?« fragte der Zwerg.

»Litanas natürlich.«

»Ich kann mir vorstellen, daß sich Lady Selena jetzt endgültig für Litanas entscheidet«, stellte Flint fest.

Tanis nickte. »Ulthen schleicht ganz verloren herum, seufzt und schmachtet Selena an wie ...« Er suchte nach einem passenden Wort. Plötzlich riß ihn das Hufgeklapper eines Maultiers aus seinen Gedanken, und Windsbraut tauchte im offenen Eingang zum Laden auf. Ihre feuchten, braunen Augen strahlten vor Zuneigung.

»... wie ein liebestolles Maultier.«

Flint warf leise fluchend die Holzkohle hin und schnitt dem Tier den Weg ab, das gerade einen Huf in den Laden setzte. Schimpfend führte er es zu seinem Unterstand zurück.

Nachdem Flint nicht mehr mit dem Maultier schalt, stand Tanis auf und ging zum Tisch. Mehr als ein Dutzend Skizzen von verschiedenen Versionen der Medaille lagen auf der Holzplatte. Flint arbeitete mit unterschiedlich kombinierten Elfensymbolen – Espenblätter natürlich und andere Dinge des Waldes. Er hatte sogar eine grobe Karikatur von Porthios gezeichnet, die sowohl seine Sturheit als auch seine Stärke darstellte, aber den permanent finsteren Ausdruck auf dem Gesicht des Elfenlords zu sehr betonte. Diese Skizze hatte Flint dick durchgestrichen. Tanis gefiel der Entwurf mit den verschlungenen Espen-, Eichen- und Efeublättern am besten.

Flint stapfte in sein Geschäft zurück und schlug die Tür zu, wodurch er natürlich auch den willkommenen Windhauch ausschloß, der die Mittsommerhitze gelindert hatte. Wegen der Hitze hatte er seine normale Tunika abgelegt und trug nur ein leichtes Paar pergamentfarbener Hosen und ein weites lilafarbenes Hemd, das vorne und hinten zusammengerafft war, aber nicht im Gürtel steckte.

»Dieses verflixte Maultier«, zürnte der Zwerg. »Ich habe vier verschiedene Riegel für ihren Stall gemacht, und jeden einzelnen hat sie durchschaut.«

»Sie liebt dich, Flint. Die Liebe besiegt alles, weißt du«, bemerkte Tanis und unterdrückte ein Lächeln.

»Meine Mutter hat immer gesagt: ›Mit Liebe und einem Pfennig bekommst du auf dem Markt ein leckeres Käsebrötchen‹«, bemerkte Flint, der sich wieder auf seine Zeichnung konzentrierte.

Tanis hatte gerade den Mund aufgemacht, um etwas zu Flints Skizzen zu sagen, machte ihn aber wieder zu. Verwirrt blickte er den Zwerg an. »Und?« fragte er schließlich.

»Und?« wiederholte der Zwerg und zog eine seiner buschigen Augenbrauen hoch.

»Und was heißt das?« wollte der Halbelf wissen.

»Das weiß Reorx allein«, sagte Flint, setzte sich an den Tisch und nahm die Holzkohle wieder zur Hand. »Ist nur so etwas, was meine Mutter immer sagte.«

»Aha.«

Flint drehte die Zeichnungen so hin, daß Tanis sie sehen konnte. »Welche gefällt dir am besten?«

Tanis zeigte auf die verschlungenen Blätter. »Diese, aber das ist zu einfach.«

Der Zwerg betrachtete die Skizze. »Hab ich auch gedacht. Das Problem ist, daß ich mich nicht entscheiden kann, ob ich die Medaille aus Metall oder aus Holz machen soll.«

Tanis schaute den Zwerg fragend an.

»Eigentlich«, erklärte Flint, »wäre Holz ein gutes Material – weil es die Verbundenheit der Elfen mit der Natur zeigt. Aber eine geschnitzte Holzmedaille würde aussehen wie eine dieser Birkenscheiben, die Kinder als Spielgeld nehmen.« Flint drehte die Zeichnungen wieder zu sich. »Nicht gerade wie ein Symbol, das das Erwachsenwerden des Erben der Stimme preist.«

»Was ist mit Stahl?« fragte Tanis.

Flints nachdenkliche Stimme schien von weither zu kommen. »Es ist ein wertvolles Metall, aber Stahl wirkt kalt und herzlos. Zum Beispiel der Anhänger deiner Mutter.« Tanis berührte den Griff seines Schwerts, das er immer noch überallhin mitnahm. »Er ist sehr schön und voller Bedeutung für dich, ihren Sohn –, aber nicht warm.«

Unter den Augen des Halbelfen legte der Zwerg den Kopf in die Hände. »Ich habe nicht mehr so viel Zeit«, klagte er. »Das Kentommen findet in zwei Wochen statt, und ich muß meine Skizzen noch von der Stimme absegnen lassen.«

Als Tanis nichts entgegnete, rieb sich der Zwerg ein letztes Mal die Augen, stand auf und ging zu einer Eichenanrichte, auf der eine riesige Schüssel Himbeeren stand. Mit einem Holzlöffel füllte er zwei Tonschalen mit Beeren.

»Wieder ein Geschenk von Eld Ailea?« fragte Tanis. »Wie das Hemd, das du heute anhast?«

Flint sah Tanis mißtrauisch an. »Was willst du damit sagen?«

»Oh, nichts.« Tanis hielt scherzhaft die Hände hoch, als würde er sich ergeben.

Der Zwerg zeigte mit dem Löffel auf den Halbelfen. »Ailea ist eine gute Freundin geworden. Und ich darf doch daran erinnern, daß du in den letzten paar Wochen selbst geraume Zeit mit ihr verbracht hast, Bursche.«

Tanis nahm sich eine Beere aus einer Schale und aß. »Soll ich noch Sahne holen?« Flint kühlte seine Vorräte, einschließlich Milch und Sahne, indem er sie in versiegelten Keramikkrüge in seinem Hinterhof in einer Quelle lagerte.

Der Zwerg schob sich eine großzügige Portion Himbeeren in den Mund, schloß die Augen und murmelte, während er langsam kaute: »Einfach lecker, so wie sie sind.« Dann gingen seine graublauen Augen auf, und er funkelte den Halbelfen an. »Und überhaupt bezahle ich Eld Ailea mit Spielzeug. Das sind keine Geschenke.« Er nahm die Schale hoch und trug sie zum Tisch, um seine Zeichnungen zu begutachten.

Tanis beschloß, daß es Zeit war, das Thema zu wechseln. »Wenn du dich nicht zwischen Holz und Stahl entscheiden kannst, warum kombinierst du sie dann nicht?« Seine Stimme war durch die Beeren im Mund gedämpft.

Flint nickte, ohne richtig hinzuhören. Dann drehte er sich zu Tanis um. »Was hast du gerade gesagt?« wollte er wissen.

»Warum kombinierst du ...«

Aber Flint hatte bereits ein neues Stück Pergament herausgezogen und zeichnete wild drauflos. Er redete leise mit sich selbst, doch Tanis konnte die Worte nicht verstehen. Der Halbelf seufzte. Auch gut. Bei der betäubenden Hitze des Tages hatte Tanis sowieso Lust zu einem Schläfchen. Fünf Minuten später lag der Halbelf zusammengerollt auf Flints Feldbett und schlief tief und fest.

Der Zwerg arbeitete weiter.

* * *

Am frühen Nachmittag erhob Flint schließlich den Kopf von der Seite. »Schau dir das an, Junge. Du mußt mir sagen, was du dazu meinst.« Er blickte zu Tanis hinüber, doch der Halbelf regte sich kaum. »Na gut!« Flint betrachtete seinen Entwurf noch einmal und rollte dann das Blatt zusammen. Die anderen ließ er auf dem Tisch liegen, als er ging und leise die Tür hinter sich zumachte.

Eine halbe Stunde später hatte Flint den Bogen auf dem Marmortisch der Stimme im Turm ausgerollt. Solostaran beugte sich darüber, um den Vorschlag des Zwergs zu begutachten.

»Ich habe beschlossen, Gold, Silber, Stahl, Horn, rote Koralle und Malachit zu kombinieren«, erklärte der Zwerg aufgeregt. »Und Espenholz.«

Die Zeichnung zeigte eine Medaille von der Größe einer Kinderfaust. Dargestellt war eine Waldszene mit einer Espe im Vordergrund und einem Pfad, der hinten durch Fichten zu einem Hügel führte. Über dem Hügel standen zwei Monde. »Ich mache die Medaille, indem ich eine stählerne Rückseite mit einer goldenen Vorderseite verbinde. Aus der goldenen Vorderseite werden die Figuren ausgeschnitten – die Bäume, die Monde, der Weg.«

Solostaran nickte. Das war eine kluge Idee. »Was ist mit Koralle und Malachit?« fragte er. »Wie passen die hinein?«

»Wird alles eingelassen«, erläuterte Flint. »Wenn ich die beiden Seiten verbunden habe, setze ich den Umriß der Bäume ein – grünen Malachit für die Blätter und Zweige und braunes Horn für den Stamm. Der Weg wird aus Horn und Stahl. Ein Mond, Lunitari, ist aus roter Koralle. Der andere, Solinari, soll aus Silber sein.«

Aber die Stimme zweifelte noch. »Das ist schön, doch sehr kompliziert. Bist du sicher, daß du das in zwei Wochen fertig hast?«

Flint nahm sich augenzwinkernd eine Handvoll getrockneter Feigen und kandierter Mandeln aus der Silberschale auf dem Tisch. Irgendwie war die Schale immer voll, wenn der

Zwerg kam, doch Flint hatte sich darüber noch nie Gedanken gemacht. Er gratulierte sich nur für sein Glück, einen Freund zu haben, der die gleichen Süßigkeiten liebte wie er. »Das Schwierigste ist die Idee«, sagte der Zwerg. »Der Rest kommt dann leicht. Ist der Entwurf so gut?«

Flint wartete zuversichtlich, denn er wußte, daß die Stimme zufrieden sein würde, doch er wollte es einmal hören.

»Er ist perfekt«, sagte Solostaran.

Ein Lächeln machte sich auf dem Gesicht des Zwergs breit. »Gut. Dann gehe ich gleich an die Arbeit.« Er griff nach seiner Skizze.

Solostarans Stimme hielt ihn zurück. »Meister Feuerschmied. Flint.«

Der Zwerg sah seinen Freund an.

»Was reden die Leute noch so über Lord Xenoths Tod?« fragte die Stimme ruhig.

Flints Hand schwebte über dem Pergament. Dann rollte er es langsam zusammen. »Nun, du weißt, daß ich mit vielen Höflingen jetzt kaum etwas zu tun habe.« Besonders seit er nach der Tylorjagd für Tanis Partei ergriffen hatte, hätte er hinzufügen können.

»Was sagen denn die einfachen Leute?«

Flint band eine Schnur um die Pergamentrolle und seufzte. »Lord Xenoth war bei vielen unbeliebt, besonders bei denen, die er als ... Unterklasse ansah«, sagte er vorsichtig. »Aber vielen Elfen gefiel seine Meinung darüber, daß Qualinesti vom Rest von Krynn getrennt bleiben sollte.« Er entschied sich, direkter zu werden. »Dieselben Elfen halten nichts davon, daß ich hier bin, und sie sind auch nicht besonders begeistert davon, daß Halbelfen in der Stadt leben dürfen.«

»Fanatiker gibt es in jedem Bereich«, murmelte die Stimme. »Die Frage ist nur, wie zahlreich sie sind.«

»Das weiß ich nicht, Sir.«

Solostaran lächelte schwach. »Sag ›Stimme‹ zu mir«, mahnte

er. »Weißt du noch, wie ich das am Tag deiner Ankunft in Qualinost zu dir sagte?«

»Ob ich das noch weiß?« grinste der Zwerg. »Wie könnte ich das vergessen? Wem erteilt schon die Stimme der Sonne persönlich Lektionen in Hofetikette?«

Solostaran schwieg. Irgendwann ließen sein Lächeln und Flints Grinsen nach. »Viele Höflinge sind nicht glücklich, Flint. Sie sagen ... sie sagen, ich würde Tanthalas schützen, weil er mein Mündel ist. Sie sagen, ich sollte ihn verbannen.«

Tanis verbannen? »Das ist absurd«, sagte Flint. »Er hat Xenoth nicht getötet. Hat Miral nicht erklärt, daß der magische Knall den zweiten Pfeil eventuell abgelenkt hat?«

»Flint«, sagte Solostaran, »ich habe in den letzten Wochen mit einer ganzen Reihe Zauberkundiger gesprochen, und alle sind der gleichen Meinung. Die Umstände, die Miral beschreibt, sind extrem unwahrscheinlich. Seine Erklärung würde heißen, daß die mächtige Magie von einem schwachen Zauberer wie Miral ›abgeprallt‹ ist und irgendwie einen kleinen Pfeil von der Bahn abgelenkt hat, der dann in der Brust eines Elfen landete. Sie sagen, daß es nicht unmöglich, aber auch nicht wahrscheinlich ist. Vor allem hätte so einen Vorfall wahrscheinlich nur ein mächtiger Zauberer überlebt. In den letzten paar Wochen bin ich von einem Kundigen zum anderen gelaufen, in der Hoffnung, ich würde einen finden, der mir bestätigt: ›Ja, so war es wahrscheinlich.‹«

Solostaran schob seinen Lederstuhl von dem massiven Tisch zurück und drehte sich zu den großen Fenstern um. »Es geht nicht, Flint. Keiner, der etwas von Zauberei versteht, würde das behaupten.« Trotz der drückenden Hitze da draußen blieb das Gebäude aus Marmor und Quarz innen kühl. Flint fröstelte.

»Was willst du tun, Stimme?«

»Was kann ich tun?« fragte Solostaran zurück. Seine verärgerte Bewegung ließ seine Staatsrobe rascheln. »Ich stecke in einer Situation, in der der beste Augenzeuge – und zwar jemand, dem ich absolut vertraue – sagt, Tanis habe nicht schlecht gezielt. Obwohl das die einfachste Erklärung wäre. Die anderen Erklärungen, die mein Mündel entlasten könnten, werden von Elfen, die es wissen sollten, für schlechthin unmöglich gehalten. Damit bleibt mir nur eine Schlußfolgerung: Was Xenoth passiert ist, konnte nicht passieren. Aber offensichtlich ist es trotzdem geschehen.«

Die Stimme lief vor der Fensterwand auf und ab. »Mein Hofstaat meint, ich müßte ›etwas tun‹, aber das, was sie wollen, ist für mich moralisch unvertretbar. Ich kann Tanthalas nicht einfach verbannen, weil ein paar bornierten Mitgliedern des Hofes seine Anwesenheit nicht paßt und sie einen Weg gefunden haben, ihn loszuwerden. Aber dennoch ...« Er kehrte zu seinem Stuhl zurück und ließ sich darauf fallen. »Irgendwie komme ich immer auf dieses ›Aber dennoch‹ zurück ...«

Flint wollte etwas erwidern, wußte aber nicht, was. Er konnte nur versprechen, daß er darüber nachdenken und die Ohren offenhalten würde, wie die Elfen über diese Sache dachten.

Als Flint kurz darauf aus dem Sonnenturm kam, um dann langsam über die blau und weiß gepflasterten Straßen zu seinem Laden zu spazieren, wartete auf den Stufen des Turms eine vertraute Gestalt. Ein Grüppchen Kinder hatte sich bewundernd um Windsbraut versammelt, die ihre graue Schnauze hob und begeistert wieherte, als Flint näher kam. Ein zerfasertes Stück Seil hing von ihrem Geschirr herunter – sein jüngster Versuch, ihr die Flügel zu stutzen.

»Du Türknopf von einem Maultier!« meuterte der Zwerg. »Nur ein Kender könnte noch lästiger sein.« Er schnappte sich das Ende des durchgekauten Stricks und zerrte das verliebte Tier durch die Straßen.

Kapitel 6

Sommertraum

Das brütendheiße Wetter, das für Qualinost so ungewöhnlich war, brachte selbst ruhigen Schläfern Alpträume. Und Miral war da keine Ausnahme.

Wieder war er in der Höhle. Es tropfte von den Stalaktiten an der Decke, die von innen heraus leuchteten – die einzige Beleuchtung der Höhle. Aus dem feuchten Boden waren Stalagmiten gewachsen. Auf der schlüpfrigen Oberfläche konnte er kaum das Gleichgewicht halten.

Dann sah er nach unten und merkte, daß er die typischen dünnen Ledersandalen der Elfenkinder trug. Sein Spielanzug war von seinen vielen Stürzen dreckig und zerrissen.

Miral wußte nicht, wie lange er schon in der Höhle war. Es kam ihm vor, als wäre es tagelang, aber Zeit war für kleine Kinder etwas Fließendes. Er war nicht hungrig. Während er durch die Höhlen streifte und Tunnel um Tunnel nach der Gegenwart absuchte, die ihn rief, fand er zufällig immer dann etwas zu essen, wenn ihn der Hunger plagte. Wie ein Kind hinterfragte er diese Funde nicht. Er aß einfach, bis er genug hatte, und ging dann weiter.

Er hatte nicht richtig Angst. Wenn er müde war, fand er an der Wand ein warmes Lager mit Daunenkissen und zurückgeschlagener Flanelldecke. Und wenn er aufwachte, erwartete ihn aufgebackenes Quith-Pa mit Zimt und Zucker.

Klein-Miral hatte diese Gaben angenommen, ohne je zu fragen, wo sie herkamen. Wenn man ihn gefragt hätte, hätte er gesagt, daß sie bestimmt von seiner Mama geschickt worden waren, obwohl er die schon eine schiere Ewigkeit nicht mehr gesehen hatte – seit sie ihn gerufen hatte: »Komm sofort hierher, kleiner Elf«, damals, am Eingang zur Höhle.

Er hatte keine Ahnung mehr, wo der Höhleneingang war. Er hatte keine Ahnung, wo Qualinost oder Mama waren.

Die Gegenwart rief ganz tief aus der Höhle. Der Ruf jedoch wurde von einem tosenden Summen begleitet, das den kleinen Miral ganz durcheinander brachte. Abwechselnd ängstigte und tröstete ihn das Geräusch.

Die Gegenwart wollte ihn. Sie würde ihn trösten.

Plötzlich wurde der Ruf dringlicher, als wäre die Gegenwart gleichzeitig ängstlich und wütend. Hier lang, kleiner Elf. Hier lang. Ich beschütze dich. Ich gebe dir alles, was du willst, wenn du mich nur befreist. Hier lang.

In diesem Augenblick wußte Miral, wo es lang ging. Die Gegenwart verriet es ihm. Seine kräftigen Beinchen setzte sich in Gang und liefen einen Steinkorridor nach dem anderen hinunter. Er flitzte um eine letzte Ecke, denn er wußte, daß die Gegenwart ganz nah war, und …

Plötzlich blitzte Licht durch die neue Kammer, in der Miral sich wiederfand. Eine Weile konnte er nichts sehen. Die Gegenwart erschien ihm nicht mehr als das große Gute. Statt dessen war sie überwältigend böse.

Er wurde ganz heiser vor Schreien, brüllte nach seiner Mama und rannte im Kreis vor dem Summen davon, das die Höhle beben ließ, die plötzlich weder Eingänge noch Ausgänge hatte. In der Mitte der Höhle war die Quelle des Lärms, des Lichts, des Schreckens, das verstand er selbst in seiner kindlichen Unschuld. Da stand ein pulsierender Edelstein, der größer war als sein Kopf. Seine geschliffenen Seiten schossen graue und rote Strahlen in jede Vertiefung in den Felsen ab. Seine Augen taten weh, aber wenn er sie zumachte, blieben die Strahlen trotzdem nicht draußen. Wieder fing er an zu schluchzen.

Das graue Juwel wollte ihn. Seine Worte dröhnten in Mirals kleinem Kopf. Befrei mich. Laß mich frei, dann gebe ich dir alles, was du willst. Bilder von Spielzeug, von Mama, von Eld Ailea und von leckerem Essen tauchten nacheinander vor seinen Augen auf. Miral war heiß. Seine Stimme war rauh; er wollte etwas zu trinken.

Plötzlich hing vor ihm in der Luft eine Tasse mit süßem Wasser. Als er danach griff, verschwand sie. Diese Mischung aus Bekanntem und Unmöglichem ließ den kleinen Jungen aufheulen. Er entdeckte eine Spalte in der einen Wand und rannte hin, um sich hineinzuquetschen. Dann drückte er sich ganz weit hinein, während ihn von der Höhle aus jedes Monster bedrohte, vor dem er sich als Kind gefürchtet hatte.

Und dann kam der Teil, der immer kam – die starke Hand, die ihn tiefer in die Spalte riß.

Miral erwachte schweißgebadet.

Kapitel 7

Ein Mordversuch

A.C. 308, Mittsommer
Eine gute Woche später arbeitete Flint gerade an Porthios' Kentommen-Medaille, als Lord Tyresian – natürlich ohne anzuklopfen, wie Flint registrierte – in das Steinhaus des Zwergs marschierte. Nur Tanis durfte den Laden unangekündigt betreten. Selbst Windsbraut klopfte auf ihre Weise, denn ihr Hufschlag warnte den Zwerg normalerweise früh genug, um zur Tür zu springen.

Nach der sengenden Hitze vor einer Woche hatte sich das Wetter abgekühlt. Heute war so ein Tag, an dem die meisten Leute in Qualinost Quith-Pa, Käse und süßsauer eingelegtes

Gemüse in einen Picknickkorb packten und sich zu einem der Aussichtspunkte an den Flüssen aufmachten. Aber der Zwerg verschwendete keinen Gedanken an Erholung. Er hatte einen wichtigen Termin; bis zum Kentommen war nur noch eine Woche Zeit.

Wegen des bevorstehenden Festtags waren natürlich viele Adlige von Qualinost darauf gekommen, daß sie noch Aufträge hatten, die unbedingt noch vor Porthios' Kentommen fertig werden mußten. Flint nahm die Aufträge an, gab aber allen dieselbe Antwort: Er arbeitete an einem Auftrag für die Stimme der Sonne und würde sich, leider, vielleicht erst nach dem Fest um die Anliegen seiner Auftraggeber kümmern können. Sie waren natürlich nicht glücklich, daß Flint Feuerschmied zwar unbestritten der geschickteste Schmiedekünstler im Umkreis war, aber auch so unbeugsam wie ein Minotaurus sein konnte.

Die beiden Scheiben für die Medaille lagen vor ihm, und er schlug mit einem feinen Meißel und einem Hämmerchen sorgfältig Öffnungen in die goldene Vorderseite. Kritisch betrachtete er das Ergebnis. Durch den Meißel bekamen die Öffnungen einen etwas rauhen Rand, der ihm gut gefiel. Besonders gut paßte er zu den Bäumen. »Ist auch gar nicht schlecht, weil ich doch keine Zeit mehr habe, es noch mal nachzubearbeiten«, murmelte er.

In diesem Moment ging die Tür auf, die Glocke bimmelte, und der hochmütige Elfenlord mit den kurzen, blonden Haaren trat herein.

»Zwerg, ich brauche Eure Dienste«, verkündete Tyresian.

Flint ließ sich die Zeit, die Einzelteile der Medaille mit der Skizze abzudecken, blickte von seinem Stuhl am Tisch auf und warf dem Elfenlord ein Lächeln zu, das mehr einem Zähnefletschen glich. »Tretet ein, Lord Tyresian.« Er zeigte mit dem Meißel auf die Steinbank. »Nehmt Platz.«

Gemäß Elfenprotokoll hätte Flint aufstehen müssen, als der

Elfenlord den Raum betrat, doch Flint und Solostaran scherten sich, wenn die Stimme den Zwerg allein besuchte, längst nicht mehr um diese Formalität. Tyresian jedoch lief rot an vor Ärger. Daß der Elfenlord sich nicht über die Mißachtung beklagte, war für den Zwerg ein Beweis, daß Tyresian seine Dienste wirklich dringend brauchte. Das zauberte ein erneutes Lächeln auf Flints Gesicht.

»Was für einen Dienst braucht Ihr denn?« fragte Flint ausdruckslos, während er sich in seinem Stuhl zurücklehnte. Wieder zeigte er auf die Bank mit dem Meißel. »Nehmt Platz.«

Tyresian war sichtlich unsicher, ob er sich da hinsetzten sollte, wo der Zwerg es ihm gesagt hatte – und damit der Aufforderung eines Rangtieferen folgte –, oder ob er lieber stehenblieb, was bedeuten mochte, daß er, und nicht Flint, der Rangniedere war. Darum wanderte er rastlos durch den Raum, ohne lange genug irgendwo stehenzubleiben, um sich hinzusetzen. Nachdem er dreist durch den Raum gelaufen war, den Schrank, Flints Feldbett, die geschnitzte Truhe und die Schmiede begutachtet hatte, zog Tyresian sein Kurzschwert und reichte es dem Zwerg mit dem Griff nach vorn.

Wortlos nahm Flint die Waffe entgegen und untersuchte sie. Es war ein Schwert für Zeremonien, das bei offiziellen Anlässen getragen wurde, denn es war dicht mit Smaragden und Mondsteinen besetzt und hatte Stahlintarsien. Der Wert der Waffe hätte eine Familie aus Qualinesti acht Monate lang ernähren können.

»Nicht sehr praktisch im Kampf«, bemerkte Flint.

»Es ist für offizielle Anlässe«, sagte Tyresian herablassend.

»Wie das Kentommen von Porthios Kanan«, schloß der Zwerg. Der Elfenlord nickte.

Flint untersuchte die Waffe weiter. Das Holz des Hefts war gespalten. Ein Teil der Stahlintarsien war locker, und ein Edelstein – dem Abdruck nach tippte er auf einen Smaragd – fehlte. Das war keine einfache Reparatur; ein geschickter Handwerker mußte den Griff neu anfertigen und solange alles andere liegenlassen.

»Das würde eine Woche dauern«, sagte Flint schließlich. »Ich habe keine Zeit.«

Der Elfenlord wurde wütend, und seine blauen Augen blitzten, doch er hielt seine Stimme ebenso im Zaum wie der Zwerg. »Das Kentommen ist erst in einer Woche, Meister Feuerschmied.«

»Ich habe andere Arbeit.«

Tyresian richtete sich auf. »Dann legt sie zur Seite. Erledigt diesen Auftrag.«

Flint gab dem Elfenlord das Kurzschwert zurück. »Vielleicht findet Ihr einen anderen Schmied dafür.«

»Aber ...«

In dem Moment traten Eld Ailea und Tanis ein und unterbrachen Lord Tyresians Erwiderung. Die alte Hebamme war wie üblich in grelle Farben gekleidet – gelb und blau gestreifte Bluse, roter, angekrauster Rock und rote Schuhe, alles mit blaßgelben Margeriten bestickt. Tanis wirkte ganz in Braun neben ihr praktisch farblos. Zwischen sich trugen sie – wegen des erheblichen Größenunterschieds zwischen der Hebamme und dem Halbelfen leicht schief – einen riesigen, geflochtenen Korb, der bis oben hin voll Maiskolben war. In der freien Hand hielt Tanis einen kleinen Teller, der mit einer umgedrehten Schale abgedeckt war. Sie blieben auf der Schwelle stehen und blinzelten aus der hellen Mittagssonne in den dämmrigen Laden des Zwergs.

»Mittagessen, Flint!« flötete Ailea. »Frischgepflückter, süßer Mais!«

»Mit frischer Butter«, fügte Tanis hinzu und hielt den Teller hoch.

Da trat Lord Tyresian in das Lichtfenster an der Tür, und die beiden verstummten.

»Na, sieh mal an«, sagte der Elfenlord lakonisch, verschränkte die Arme vor der Brust und sah auf die beiden herab. »Zwei Mörder beieinander. Vergleicht ihr vielleicht eure Erfolge? Der Wert, einen Pfeil in Lord Xenoths Brust zu schießen gegen, sagen wir mal, den Tod meiner Mutter im Kindbett? Oh, aber ich vergaß, Tanis, Ailea hat auch deine Mutter sterben lassen, nicht wahr?«

Eld Ailea erbleichte unter ihrer Sonnenbräune; sie legte die Hand vor den Mund und unterdrückte einen leisen Schrei. Tanis bewegte sich drohend auf Tyresian zu, wobei er den Korb losließ, so daß zwei Maiskolben herunterrollten und vor Flints Tür zwischen die Blumen fielen.

Dann stand Flint plötzlich zwischen ihnen, der Tanis mit dem Rücken aus der Sonne schob und Tyresian eine Hand auf die Brust legte. Die Stimme des Zwergs klang erschreckend ruhig.

»Raus, Elf«, sagte er zu Lord Tyresian und betonte jedes einzelne Wort, »sonst zeige ich Euch, wozu ein erfahrener Kämpfer fähig ist.«

»Du ...!« plusterte sich Tyresian auf.

»Ich habe in der Schlacht gegen Oger gekämpft. Ihr habt trotz Eures Hochmuts keinerlei Kampferfahrung. Es ist einfach, eine alte Frau und einen jungen Elfen zu beleidigen, der es noch nicht wagt, die Verhältnisse in Qualinost zu erschüttern, indem er Euch fordert. Hättet Ihr etwas dagegen, statt dessen mit mir vorliebzunehmen?«

Tyresian sah finster auf den Zwerg herunter, wobei er erstmals die abgenutzte Streitaxt zu bemerken schien, die wie aus dem Nichts in Flints rechter Hand aufgetaucht war. Der Griff war voller Kerben, doch die Runen der Macht auf der flachen Klinge glänzten im Sonnenlicht, und die Klinge schimmerte scharf genug, als könnte sie auch die härteste Rüstung durchschlagen.

Der Elfenlord entspannte sich etwas.

Flint sprach jedoch weiter. »Vergeßt niemals, Lord Tyresian, daß Ihr derjenige wart, der vorgeschlagen hat, daß die Jäger den Graben überqueren und Xenoth – und mich, wenn ich mich recht entsinne – auf der anderen Seite zurücklassen sollten.«

Tyresian wollte Einwände erheben, aber Flint hielt den Arm des Elfenlords nur um so fester. »Ihr wart derjenige, der drei Leute allein einem Monster ausgeliefert hat, das stark genug war, sie alle im Handumdrehen zu erledigen«, sagte er mit sehr leiser Stimme, die allein durch ihre Intensität bezwang. »Was mich betrifft, so seid Ihr weit mehr als jeder andere für den Tod des Beraters der Stimme verantwortlich.« Wie nebensächlich fügte er hinzu: »Gewiß schuldiger als der Halbelf, der nur sein Leben retten wollte – unser aller Leben.«

Als wenn der kleine Laden noch nicht voll genug gewesen wäre, wählte Miral genau diesen Augenblick, um vor dem Haus des Zwergs zu erscheinen. Doch die vier, die an dem Drama auf der Schwelle beteiligt waren, bemerkten den tief verhüllten Magier nicht gleich. Er stellte sich wartend an die Seite des gepflasterten Wegs.

»Jetzt geht, Lord Tyresian«, befahl Flint. »Und vergeßt nicht: Auch wenn ich nie jemandem meine eigene Theorie dargelegt habe, wer wirklich für Xenoths Tod verantwortlich ist, gibt es nichts, was mich davon abhalten würde, die Stimme aufzuklären. Ich habe schon immer vermutet, daß Ihr diesen Teil Eures ›Berichts‹ beschönigt habt, nachdem Tanis den Tylor getötet hatte.«

Mit Anstrengung schob Tyresian Tanis beiseite, rauschte an Miral vorbei und ließ die drei zurück, die dem blonden Elfenlord hinterher starrten. Schließlich nahmen die drei Freunde Miral wahr und baten ihn herein.

Weil er wußte, wie empfindlich Mirals Augen waren, schloß Flint die Tür hinter dem Zauberer und schickte sich an, die Läden vor dem Fenster auf der Vorderseite des Hauses zu schließen. Inzwischen zündete Eld Ailea das Feuer an und setzte einen Kessel Wasser auf, während Tanis den Mais enthülste. Obwohl keiner der drei jetzt noch besonders viel Appetit hatte, bereiteten sie das Essen zu, als hofften sie, daß sie dadurch ihre vorherige Fröhlichkeit wiedererlangen würden.

Miral nahm sich nicht viel Zeit, sein Anliegen zu erklären. Eine Seite eines Metallkästchens, in dem er Zaubermaterial aufbewahrte, hatte sich gelöst, wodurch er Pulver über den ganzen Gang vor seinen Räumen im Palast verstreut hatte. »Ich weiß, daß du viel zu tun hast, Meister Feuerschmied, aber ich hatte gehofft, du könntest es reparieren«, sagte Miral, der ihm das faustgroße Kästchen entgegenstreckte.

Flint nahm das Silberkästchen. Es schien eine einfache Reparatur zu sein. Wenn er einen Niet an der einen Ecke einsetzte, würde es wieder halten. Das Kästchen war so mit Drachen, Minotauren und Kettchen verziert, daß der winzige Niet nicht auffallen würde. Flint machte sich gleich an die Arbeit und schob die Medaille der Stimme beiseite, während Tanis und Ailea den süßen Mais zubereiteten.

Der Magier war wenig gesprächig, was Flint auf Müdigkeit durch Schlafmangel zurückführte. Alles im Palast war von Tagesanbruch bis spät in die Nacht mit Vorbereitungen für das Kentommen beschäftigt.

»Haben Hügelzwerge auch ein Kentommen?« fragte Tanis. Flint nickte.

»Bei uns sind das die Vollbarttage, aber sie sind überhaupt nicht mit diesem Fest zu vergleichen«, sagte der Zwerg. »Welche Pflichten hast du bei Porthios' Feier, Miral?« Flint trieb einen dünnen Stift durch das weiche Metall.

Miral zwinkerte und sah von seinem Platz auf Flints Kleidertruhe auf. »Bei der eigentlichen Zeremonie keine. Aber ich soll alle Leute koordinieren, die etwas für das Kentommen vorbereiten und zur Unterhaltung an den drei Tagen beitragen.«

»Was gehört da dazu?« fragte Tanis vom Kessel her.

Miral sah hinüber und lächelte matt. Das Weiße in seinen Augen war blutunterlaufen, was in seltsamem Kontrast zu seiner fast farblosen Iris stand. »Fünf Dutzend Näherinnen säumen Fahnen«, (die tatsächlich bereits auf Fahnenstangen entlang der Hauptstraßen durch Qualinost aufgezogen wurden) »und drei Dutzend Schwertkämpfer üben einen Schaukampf ein, bei dem mir schon vom Zusehen angst und bange wird. Ich wundere mich nur, daß sie sich noch nicht gegenseitig aufgeschlitzt haben, und ich werde sprachlos sein, wenn Kith-Kanans Mosaik im Amphitheater nach der Vorführung ohne Blutflecken ist.«

Flint warf dem Magier einen mitleidigen Blick zu, als Miral weiter aufzählte. »Zehn Jongleure und zwanzig Harlekine haben sich im Palast breitgemacht«, beschwerte er sich. »Könnt ihr euch den Lärm vorstellen. Dazu vierzehn Akrobaten. Eine davon wollte ihren Hochseilakt vierhundert Fuß hoch im Sonnenturm zeigen!«

»Das gestattet Ihr natürlich«, sagte Ailea, als sie einen perfekt gekochten Kolben aus dem kochenden Wasser fischte.

»Natürlich nicht«, widersprach Miral, der dann stutzte. Die Hebamme hatte gescherzt. »Aber es reicht nie, einfach nein zu sagen. Jeder Elf hat zweihundert Gründe, warum sein Fall anders liegt, warum ich ihm erlauben sollte, etwas zu tun, was kein anderer darf.« Der Magier lehnte sich an der Wand an. »Ich habe in den letzten zwei Wochen nie länger als drei Stunden am Stück geschlafen.«

»Willst du mit uns essen und dann hier ein Schläfchen machen?« fragte Flint und wies mit dem Kästchen auf sein Feldbett. »Wir können leise sein, wenn es sein muß.«

Miral schüttelte den Kopf. »Ich muß mich mit einer Sängertruppe treffen. Sie wollen wissen, warum sie nicht direkt vor dem Kentommen obszöne Lieder in der Rundhalle des Turms singen dürfen – ›um die Zuschauer aufzuwärmen‹, wie sie es ausdrücken.« Er stand auf. »Ich kann das Kästchen später holen.«

»Ist schon fertig – geht aufs Haus«, sagte Flint und reichte dem Zauberer das Silberkästchen. Der Zwerg öffnete die Läden wieder und hielt dann Miral die Tür auf. Der zog seine Kapuze tief ins Gesicht, dankte Flint, nickte Tanis und Ailea zu und machte sich dann auf den Weg zum Turm, den man über den Kronen von Flints Obstbäumen sehen konnte.

»Schlaf dich aus!« rief ihm Flint nach. Der Magier winkte, ohne sich umzudrehen. Dann ging er weiter, während der Zwerg die Tür schloß.

Mirals kurzer Besuch half den dreien, die Lähmung zu überwinden, die sie nach Tyresians Abgang erfaßt hatte. Der Zwerg nahm sein Werkzeug vom Tisch, und anstatt Trübsal zu blasen, wurden Flint, Tanis und Eld Ailea fast wieder ausgelassen, als sie an den Maiskolben mit Butter knabberten. Zum Schluß reichten sie ein Küchentuch herum, um sich die Hände abzuwischen, und lehnten sich zufrieden zurück.

»Ah«, sagte Flint, »wie meine Mutter immer sagte: ›Der Weg zum Herzen eines Zwergs geht über seinen Teller.‹«

»Aha?« machte Tanis und stieß den Zwerg in die Seite. »Und was hat deine Mutter noch so alles gesagt?«

Flint lachte. »Sie hatte für jede Gelegenheit ein Sprichwort. ›Zu viele Köche verderben den Brei‹, sagte sie und befahl meinen dreizehn Geschwistern und mir, den Stall auszumisten. Ich habe Jahre gebraucht, bis ich wußte, was dieses Sprichwort wirklich bedeutete. Für mich hat es sich immer wie ein Zwergengesetz angehört.«

Ailea lachte und wischte sich nacheinander ihre langen Finger an dem Tuch ab. »Was hat sie noch gesagt?«

Flint lehnte sich zurück. »Ich weiß noch, wie ich mich einmal beschwerte, weil mich eins von den Kindern in der Dorfschule piesackte. Sie hat mir den Kopf getätschelt und gesagt: ›Keine Sorge, Flinti. Ein fauler Apfel verdirbt nicht den ganzen Kessel Fisch.‹«

Flint sprach mit Fistelstimme, als er seine Mutter zitierte, und Tanis lächelte. Aber der Gesichtsausdruck des Halbelfen blieb nachdenklich. »Wie sieht sie aus?« fragte er. »Ist sie hübsch?« Eld Ailea warf einen weisen Blick auf den Halbelfen, dann auf den Zwerg, doch der schien nichts zu merken.

»Oh«, sagte Flint, »ich glaube, deine großen, schlanken Elfenfreunde würden sie nicht für hübsch halten, aber wir vierzehn Gören finden sie genau richtig. Klar, sie hat ein bißchen zugelegt ...«

»Krieg du mal vierzehn Kinder, und dann schau, was mit deiner Figur passiert«, warf Ailea ein.

»... doch sie hat ein liebes Gesicht, und sie kocht einfach göttlich. Und zwar schöne, große Portionen.« Flint streichelte seinen vorstehenden Bauch. Dann wurde er rot, setzte sich gerade hin und versuchte, seinen Wanst einzuziehen. Ailea grinste breit.

»Wie ist denn dein Vater so?« fragte Tanis.

»Ach, Junge, mein Vater starb, als ich noch nicht erwachsen war. Schwaches Herz. Liegt bei den Feuerschmieds in der Familie, zumindest bei den Männern.«

»Deine arme Mutter«, sagte Ailea leise.

Flint nickte. »In den Jahren nach Papas Tod hat sie die Familie zusammengehalten. Meinen großen Bruder Aylmar hat sie in Papas Schmiede gestellt – und gelegentlich, bei leichteren Sachen, auch selbst dort gearbeitet.«

Ailea stand leise auf und legte die Eßteller in das siedendheiße Wasser, in dem sie den Mais gekocht hatten. Als Tanis die Augenbrauen hochzog, sagte sie lächelnd: »Wozu Wasser verschwenden? Da drin werden die Teller prima sauber.« Dann setzte sie sich wieder und winkte Flint zu, fortzufahren.

»Ich bin als zweiter zur Welt gekommen«, sagte der Zwerg träumerisch. »Nach Papas Tod übertrug Mama mir die Verantwortung für den Viehstall. Ich erinnere mich an einen Frühlingsmorgen in Hügelheim, wo ich aus dem Viehstall kam, um dem verdammten Käsegeruch zu entfliehen, und dann ließ ich meinen Blick über die Hügel und den Nadelwald um mich herum schweifen.« Er seufzte.

»Qualinost ist schön, Junge, aber Hügelheim auch. Trotzdem war es nur ein winzig kleines Dorf, das ich schließlich verlassen habe. Ich wollte etwas von der Welt sehen.«

»Ich würde es gern eines Tages besuchen«, sagte Tanis und hakte dann nach: »Und deine Mutter …?«

Flint runzelte nachdenklich die Stirn. »Oh, ich stand da in der offenen Stalltür, genoß die Sonne und das Wetter und die Bäume und die grünen Berge, als Mama herauskam und schimpfte«, – er sprach wieder mit Fistelstimme – »›Flint Feuerschmied, schlag bloß nicht die Stalltür zu, sobald der erste Vogel seinen Wurm hat!‹« Er kicherte in sich hinein. »Ich dachte mir, daß sie mich wohl wieder an die Arbeit schicken wollte.«

Er stand auf, reckte sich und ging zu dem kochenden Wasser, um mit seiner Eisenzange die Teller herauszuholen. »Einmal«, sagte er und wendete sich wieder seinen Gästen zu, »als meine kleine Schwester Fidelia sich darüber beklagte, wie arm wir wären und wie viel die Kinder des Bürgermeisters hätten, sah meine Mutter uns alle an und sagte: ›Oh, das Gras ist immer grüner auf der anderen Seite des Zauns.‹«

Eld Ailea und Tanis warteten auf die Pointe, aber Flint winkte mit der Zange und sagte: »Wir waren sprachlos. Wir konnten wirklich nichts sagen. Sie hatte einfach recht!«

Er machte eine Pause, wobei er immer noch die Zange festhielt. »Dann weiß ich noch, daß wir alle vierzehn anfingen zu lachen. Wir konnten nicht mehr aufhören. Ich weiß noch, wie Aylmar rücklings auf dem Steinboden lag, sich die Seiten hielt und kicherte, bis er keine Luft mehr bekam. Sogar mein Bruder Ruberik, der normalerweise so viel Humor hat wie ein Amboß, schnappte nach Luft, weil er so lachen mußte. Als wir zu uns kamen, merkten wir, daß Mama draußen in der Küche war, wo sie wütend vor sich hin brummelte und mit den Kesseln hantierte. Sie hat tagelang nicht mehr mit uns geredet. Und, was schlimmer war, sie hat nicht gekocht!«

»Was habt ihr gemacht?« fragte Ailea.

»Aylmar und ich haben uns in die Schmiede gestellt. Wir haben ein Schild für sie gemacht. Wir bogen dünne Eisenstäbe zu Worten und machten sie an einem Stück Scheunenholz fest. Dann haben wir es ihr über die Feuerstelle gehängt. Darauf stand …« Er fing plötzlich an zu glucksen. »Da stand …« Flint hustete und wischte sich die tränenden Augen.

»Da stand …?« bohrte Tanis nach.

»›Meiden bringt Leiden.‹«

Tanis grinste.

»Sie hat es geliebt«, sagte Flint. »Puh, sie hat es einfach geliebt.«

* * *

Die drei beschlossen, daß es trotz Flints drängendem Termin ein zu schöner Tag war, um im Haus zu bleiben. Darum packten sie die tragbaren Teile von Flints Werkzeug ein und wanderten zu den Bergen im Süden von Qualinost. Während die zwei Flüsse die Stadt von drei Seiten her schützten, lag im Süden ein bewaldeter Hang, der zu einem Grat aus malvenfarbenem Granit anstieg. Auf der gegenüberliegenden Seite fiel der Grat in einer schroffen Klippe tausend Fuß tief ab. Tanis überredete Flint zu dem Weg, der nicht allzu steil war, indem er ihm versicherte, daß man von oben einen fabelhaften Ausblick auf die Berge von Thorbardin hätte, die alte Heimat von Flints Volk.

»Ein bißchen Bewegung kann einem Zwerg nie schaden«, erwiderte Flint da und ging voraus. Deshalb war er der erste, der jenseits eines wogenden, grünen Bäumemeers die scharf gezackten Berge von Thorbardin erblickte, die fast wie dunkle Segelschiffe am Horizont aussahen.

Er fand ein bequemes Plätzchen am Fuß eines Baums, wo er mehrere Stunden damit verbrachte, die Intarsien in die Medaille einzusetzen, und beinahe damit fertig wurde. Tanis und

Eld Ailea gingen inzwischen spazieren, unterhielten sich und sammelten Kräuter für die Duftöle und Tränke der Hebamme.

Einige Stunden später – die Dämmerung kroch bereits über die Stadt – ging Flint allein durch den Espenhain und die Obstbäume zu seinem Laden. Tanis begleitete die Hebamme nach Hause. Flints Haus war natürlich dunkel. Wegen der Sommerhitze und weil bei diesem Teil der Arbeit an der Medaille das Material kalt sein mußte, brannte schon seit Tagen kein Feuer mehr in der Esse.

Die Blüten der Winden an der Tür hatten sich angesichts der Dämmerung schon fest geschlossen, doch einer der jungen Rosenbüsche, die Flint neben die Veranda gepflanzt hatte, begann gerade zu blühen. Flint pflückte eine der blaßgelben Blüten und atmete ihren Duft ein. Dann seufzte er. Es war nicht gut, wenn man die kleinen Freuden des Lebens vergaß. Abgesehen von dem Zwischenfall mit Lord Tyresian war es ein schöner Tag gewesen.

Vielleicht war heute abend ein Krug Bier angebracht – für Flint die schönste der kleinen Freuden des Lebens. Mit diesem Gedanken im Kopf öffnete er die Haustür und wollte eintreten, wobei er die Rose in seinen Fingern drehte.

»Autsch!« sagte Flint auf einmal und ließ die Rose fallen. Er hatte sich an einem Dorn gepiekst und steckte den Finger in den Mund, um an dem Stich zu saugen. »So viel also zu den kleinen Freuden«, schmollte er, den verwundeten Finger noch im Mund. Dann bückte er sich, um die Rose aufzuheben, diesmal aber auf die Dornen zu achten.

Als er sich gerade wieder aufrichten und hineingehen wollte, fiel ihm etwas auf. Es war ein dünner, schwarzer Faden, der etwa einen Schritt weit von der Tür entfernt im Raum lag. Da Flint normalerweise auf einen sauberen – wenn auch nicht aufgeräumten – Laden Wert legte, griff er nach dem Faden, um ihn aufzuheben.

Der Faden schien irgendwo festzuhängen.

»Zum Kuckuck!« schimpfte er und zog fester.

Plötzlich klickte etwas leise, und aus purem Überlebensinstinkt warf sich Flint mit dem Gesicht nach unten auf den Boden. Noch im Fallen sah er etwas Helles durch den Raum zischen. Es raste über seinen Kopf hinweg und blieb deutlich hörbar in der Holztür stecken.

Flint schluckte. Er zwang sich, herumzurollen und – immer noch liegend – die Tür hinter sich zu untersuchen. Tief im Eichenholz, genau auf Brusthöhe eines stehenden Zwergs, steckte ein Dolch mit Ledergriff.

»Reorx!« flüsterte Flint. Vorsichtig erhob er sich auf die Beine, wobei er auf jedes plötzliche Geräusch achtete, das vielleicht einen zweiten Angriff ankündigte. Seine Knie zitterten, obwohl er ihnen befohlen hatte, das zu lassen. Er griff nach dem Dolch und zog ihn aus der Tür. Seine Spitze glänzte bösartig im schwächer werdenden Tageslicht. Wenn er in den Laden gekommen und mit dem Stiefel auf den Faden getreten wäre, wäre der Dolch nicht in die Tür, sondern in Flints Herz gedrungen.

Warum sollte ihn jemand umbringen wollen?

Flint drehte sich um und wollte über den Faden in seinen Laden gehen, doch genau in dem Moment gab es ein leises Schnappen, das den Zwerg an einen einrastenden Mechanismus erinnerte.

Bevor er auch nur aufschreien konnte, sauste ein weiterer Dolch durch die Luft direkt auf den Zwerg zu.

»Flint, du alter Türknopf«, sagte er heiser und taumelte rückwärts gegen die Tür, wobei er das Messer umklammerte, das sein blaßblaues Hemd an der Schulter durchbohrt hatte. Blut sickerte ihm durch die Finger und befleckte den Stoff. »Das hättest du dir doch denken können …«

Er sackte gegen die Tür und rutschte stöhnend auf den Boden. »Du alter Türknopf …«, flüsterte er noch einmal. Dann fielen ihm die Augen zu. Als die Nacht ihren Mantel über die Stadt breitete, lag Flint reglos da.

Kapitel 8

Rettung naht

Flint! Kannst du mich hören?

Tanis rüttelte den Zwerg vorsichtig, dann stärker, doch Flint rührte sich nicht. Seine Hand lag immer noch um den Dolch. Die Finger waren dunkel von geronnenem Blut.

»Flint!«

Tanis schüttelte den Zwerg ein letztes Mal, woraufhin Flint plötzlich laut stöhnte. Tanis atmete erleichtert auf.

»In Reorx' Namen«, stöhnte Flint schroff, »kannst du einen armen, toten Zwerg nicht in Ruhe lassen?«

Tanis legte Flint den Arm unter den Kopf und half dem Zwerg, sich aufzusetzen, damit er leichter atmen konnte.

»Flint«, sagte der Halbelf freundlich, »du bist nicht tot.«

»Wer hat dich denn gefragt«, fragte Flint gereizt, aber schwach. »Jetzt laß mich hier liegen, damit ich in Frieden sterben kann, ja? Dieses ganze Gerüttel macht mir Kopfschmerzen.« Der Zwerg stöhnte wieder und sank in Tanis' Arm zurück. Ein erleichtertes Grinsen ging über das Gesicht des Halbelfen.

»Du kannst nicht ernstlich verletzt sein«, flüsterte der Halbelf. »Du beklagst dich ja noch.«

Behutsam, damit die Wunde nicht wieder anfing zu bluten, hob Tanis Flint hoch und legte den Zwerg so vorsichtig wie möglich auf sein Feldbett. Er untersuchte die Wunde, beschloß dann, daß er den Dolch nicht ohne Hilfe entfernen wollte, und lief los, um jemanden zu holen.

Vor dem Laden kämpfte er mit sich, wer das sein sollte – Miral oder Eld Ailea. Miral war vollauf mit *Kentommen*-Vorbereitungen beschäftigt, aber der Turm lag näher als das Haus der Hebamme im Westteil. Das gab den Ausschlag.

Zehn Minuten später kehrte Tanis rennend mit dem keuchenden Magier im Schlepptau zurück. Bald hatten Tanis und Miral den Zwerg mit einigen Kissen abgestützt und das Messer entfernt. Flints Atem ging leichter.

»Keine Ärzte«, murmelte er. »Zu spät.« Wie von ferne sprach er: »Ich sehe schon Reorx' Schmiede.«

»Das ist deine Schmiede, Flint«, sagte Tanis.

»Du kannst einem wirklich auf die Nerven gehen«, nörgelte der Zwerg.

»Hier«, sagte Miral, der hinter Tanis stand. Er reichte dem Halbelfen eine dampfende Tasse. Auf dem Wasser trieben kleine Blättchen. »Laß ihn das trinken.«

Tanis hielt Flint die Tasse unter seine Knubbelnase, damit der Zwerg daran schnüffeln konnte. Es roch nach bitteren Mandeln. »Das ist aber kein Bier«, meinte er anklagend.

»Stimmt«, sagte Miral. »Aber das hier ist besser für dich.«

»Unmöglich«, schmollte der Zwerg. Trotzdem holte er tief Luft und leerte den Becher.

Als Miral gerade dabei war, die Wunde zu säubern und zu verbinden, traf Eld Ailea ein, die einer der *Kentommen*-Artisten geholt hatte, den Tanis mit einer Stahlmünze gestochen hatte. Die Dolchwunde erwies sich als relativ leicht zu versorgen, auch wenn Flint die Sache erschwerte, indem er die ganze Zeit herumschimpfte und zappelte. Überraschenderweise schien ihn die Versorgung eher zu ärgern, als daß sie ihm Schmerzen bereitete. Miral krempelte die Ärmel bis zu den Ellbogen hoch, seifte seine Unterarme ab und verschloß die Wunde mit sieben Stichen – begleitet von sieben Zwergenflüchen und sieben an Eld Ailea gerichteten Zwergenentschuldigungen. Dann trug Miral eine walnußgroße Portion Salbe auf und verband die behaarte Zwergenbrust mit einer weichen Leinenbandage.

»Es geht mir gut!« rief Flint schließlich. »Jetzt hör aber auf!«

Daraufhin erklärte Miral den Zwerg für halbwegs wiederhergestellt und wollte wieder zum Turm zurückkehren. Der Magier krempelte seine Ärmel wieder herunter. Seine rechte Hand war fast verheilt, aber die Finger, die ihre Nägel verloren hatten, sahen immer noch häßlich aus.

»Ich muß eine Schauspielertruppe abhören, die die Menge mit den letzten Worten von Kith-Kanan unterhalten will«, sagte er und zog eine Grimasse.

»Was ist schlecht daran?« fragte Tanis.

»Ich bin mir nicht sicher, daß er welche gesagt hat«, erklärte der Magier mit einer neuerlichen Grimasse. Miral gab Tanis ein Kuvert mit Kräutern und trug ihm auf, dem Zwerg stündlich daraus eine Tasse Tee zu kochen und es ihm einzuflößen, »und wenn du ihn dazu festbinden mußt.«

»Wenn er sich zu sehr anstellt, dann misch es ihm ins Bier«, flüsterte Miral Tanis an der Tür zu.

»Ich verspreche, daß ich mich anstellen werde!« schrie Flint vom Feldbett herüber, wo Eld Ailea erfolglos versuchte, ihn zum Schlafen zu bringen. Daraufhin ging der Magier.

Eld Ailea versuchte, Flint mit einem Wiegenlied zu beruhigen, das bei Kindern ihrer Aussage nach Wunder wirkte. Er war sich nicht so sicher, wie er das zu verstehen hatte, lauschte aber ihrer warmen Altstimme, als sie die alte Melodie anstimmte.

»Schlafe, schlafe, kleiner Elf«, sang sie, »schlaf bis zum Morgen bei den Sternen, kleiner Elf. Reite durch die Wälder, reite durch die Bäume, erwach morgen früh mit einem Lächeln, kleiner Elf. – Das ist ein sehr altes Lied. Meine Mutter hat es mir schon vorgesungen«, sagte sie und schaute dann zu Tanis, der die Falle untersuchte, die die Dolche geworfen hatte. »Und ich habe es dir und Elansa vorgesungen, als du erst ein paar Minuten alt warst, Tanthalas.«

Tanis lächelte. »Ich wette, es gefiel mir damals genausogut wie heute«, sagte er.

»Schmeichler«, meinte Ailea. »Mit deiner silbernen Zunge wirst du keine Probleme haben, eine Elfenfrau zu finden.«

Tanis wurde rot und beschäftigte sich noch eifriger mit der Falle. Vorsichtig entschärfte er sie und baute sie zur genaueren Untersuchung ab. »Wer diese Falle gebaut hat, wußte, was er tat, Flint. Es ist eine ausgeklügelte Konstruktion, die perfekt gezielt war. Ein Glück, daß der Mechanismus beim zweiten Dolch geklemmt hat. Deshalb hat er zuerst nur einen nach dir geworfen. Ein paar Augenblicke später ist der zweite dann durch die Spannung losgeschnellt.«

Tanis vermied es, die alte Hebamme anzusehen. »Und wenn ich eine Menschenfrau finde, Eld Ailea?« meinte er schließlich mit sorgsam beherrschter Stimme.

Ein Schatten glitt über Aileas katzenartiges Gesicht, als sie Flint wieder die Decke um sein bärtiges Kinn zog. »Das wird dir auf die Dauer hauptsächlich Kummer bereiten, Tanthalas«, sagte sie. »Menschen sind schwach, und selbst wenn du eine

Liebste findest, ist es schrecklich zuzusehen, wie sie alt wird, während du jung bleibst. Nur eine starke Liebe kann das verkraften.« Sie hörte sich müde an.

Er blickte von der Falle hoch. Runde braune Augen trafen mandelförmige braune Augen, und ein Funke sprang zwischen den beiden Elfenmischlingen über.

»Versuch, daran zu denken, Tanthalas«, sagte Ailea traurig.

Tanis schluckte. »Ich werde es versuchen.«

»He!« meckerte Flint von seinem Feldbett. »Wird es nicht Zeit für mein Bier?«

Da vergaß Eld Ailea ihren Kummer und klopfte dem Zwerg lachend auf die heile Schulter. »Du tust mir gut, Meister Feuerschmied.« Mit frischer Energie huschte sie zum Tisch, wo Tanis die Tüte mit den Kräutern hingelegt hatte.

»In der Quelle steht ein Eimer Bier«, erklärte Flint hilfsbereit.

Nach kurzem Nachdenken beschloß Eld Ailea, daß Bier dem Zwerg beim Einschlafen helfen könnte – und ihn vor allem ruhig halten würde. Also holte sie den fast leeren Behälter aus der Quelle und goß den Rest in einen Krug. Als sie das Päckchen mit den Kräutern aufmachte, ging ein befremdlicher Ausdruck über ihre klaren Züge. Dann trug ihr Gesicht wieder die übliche Freundlichkeit zur Schau. »Flint, hat Miral dir aus diesen Blättern einen Tee gekocht?« fragte sie beiläufig.

»Ja«, sagte Flint. »Mit Wasser. Schmeckte scheußlich. Mit Bier ist es bestimmt viel besser.« Er grinste zutraulich über seinen weißen Verband hinweg. »Viel Bier.«

Eld Ailea stand einen Augenblick mit dem Päckchen da. Dann machte sie es wieder zu und steckte es in eine Tasche des grauen Mantels, den sie bei ihrer Ankunft über die Bank geworfen hatte. Aus einer anderen Tasche zog sie, ohne daß Tanis und Flint es merkten, ein kleines Säckchen, das mit einem Lederband zugebunden war, und maß einen Teelöffel von dem Pulver darin ab. Während Tanis dann den Rest des Ladens nach weiteren Fallen absuchte, mischte Ailea das Pulver in das Bier und gab es dem Zwerg zu trinken. Er kippte es mit einem Zug herunter.

Was es auch war, es bekam ihm nicht. Flint fiel in einen festen Schlaf, erwachte jedoch bald darauf, um sich in den leeren Biereimer zu übergeben, den Ailea am Bett stehengelassen hatte. Dann fiel der Kopf des Zwergs zurück, und er schlief weiter, wobei sich sein grauschwarzer Bart mit seinen tiefen Atemzügen hob und senkte.

Tanis stellte sich zu Ailea an Flints Bett. Die zarte Elfin sah mit einem leichten Lächeln auf den Zwerg hinunter, das ihre Erschöpfung kaum verbergen konnte.

»Wird er wieder gesund?« flüsterte Tanis.

»Aber sicher«, sagte sie. »Meine Kräuter bringen ihn wieder auf die Beine. Zumindest funktionieren sie bei stillenden Müttern …« Als sie Tanis' überraschten Blick bemerkte, tätschelte sie seinen Arm. »Nur ein Scherz, Tanis. Flint wird wieder gesund.«

»Soll ich dich nach Hause bringen?« fragte Tanis. »Ich bleibe heute nacht bei ihm. Ich kann ihm Mirals Tee geben, wenn du ihn hier läßt.«

Da hob Eld Aileas den Kopf, und sie sah Tanis tief in die Augen. »Im Moment sollte er lieber überhaupt nicht allein gelassen werden«, sagte sie. »Ich bleibe hier. Wir können abwechselnd Wache halten.«

Kapitel 9

Die Rettung

Er war wieder in seinem Traum. Die rauhen Hände packten Miral, und gerade als die harten Kiefer des Tylors in die Spalte schnappten, rissen ihn starke Arme durch den Riß im Stein nach hinten.

»Da hat Er sich aber einen echten Schlamassel eingebrockt, kleiner Elf«, sagte eine tiefe Stimme über dem Kopf des Jungen.

Miral hob mit tränennassen Augen den Kopf und spähte durch das dämmrige Licht in der Höhle. Dieser Teil schien weniger gut beleuchtet zu sein als die Gänge, durch die er gekommen war. Er schluckte ein Schluchzen herunter und versuchte, seinen Retter zu betrachten.

Es war ein Mann, das sah der Kleine, aber was für einer! Starke Muskeln zuckten auf einer massigen Brust. Er hatte enorme Schultern, über die das weiße Haar von Kopf und Kinn floß. Als der Mann zu ihm nach unten guckte, blickte Miral in tiefblaue Augen, die vor Freundlichkeit glänzten.

»Will meinen, Er ist zu klein, um ohne Seine Stute herumzulaufen, Kleiner«, sagte der Mann.

Da nahm Miral die Hufschläge wahr, die über den feuchten Stein der Gänge trappelten. Der Mann kam an eine Gabelung und ritt nach rechts, ohne langsamer zu werden. Aber wie hatte er seinem Pferd das gezeigt? Der kleine Junge wunderte sich und sah nach unten.

Der Mann war ein Pferd! Oder das Pferd war ein Mann; da konnte sich Miral nicht entscheiden. Mit entzücktem Lächeln sah er wieder hoch.

»Du bist ein Zentaur!« schrie Miral.

»Natürlich«, erwiderte das Wesen, das den Kleinen in seinen starken Armen wiegte.

Der Zentaur mußte von den Hufen bis zu seinem aristokratischen Haupt bestimmt sieben Fuß hoch sein. Behende lief er über die nassen Steine, wobei sein langer Schweif hinter ihm flatterte. Um die Schultern seines Pferdeteils trug der Zentaur einen Lederbeutel. Miral streckte die Händchen aus, um den Beutel zu untersuchen, doch der Zentaur hob ihn höher, so daß er nicht dran kam.

»Er ist neugierig«, murmelte der Zentaur mit tiefer Stimme. »Bestimmt ist Er deshalb so tief in den Höhlen.«

»Jemand hat mich gerufen«, erklärte Miral, weil er unbedingt wollte, daß dieses Wesen ihn gern hatte. »Aus dem Gang.«

Die blassen blauen Augen des Zentauren wurden größer, und er ging etwas langsamer, um dann wieder anzuziehen. »Er hat die Stimme gehört? Dann hat Er wahrhaft Magie in der Seele, kleiner Elf. Nicht jeder hört den Graustein rufen.« Er lief um eine weitere Biegung, dann um noch eine. Bald hatte das Kind keine Ahnung mehr, wo sie hergekommen waren oder wo sie jetzt waren.

Der Tiermensch redete weiter beruhigend auf das Kind ein. »Er ist heiß, Kind. Seine Stute sollte Ihm etwas gegen das Fieber geben. Ich will Ihn direkt nach Hause bringen.«

Miral wurde vom gleichmäßigen Trab des freundlichen Zentauren allmählich müde. »Warum bist du hier?« fragte er schläfrig.

»Oh, der Graustein hat wirklich große Schätze«, sagte der Zentaur. »Und wahr ist, daß der gemeine Stein mir einst großes Unrecht zugefügt hat. Ich habe Rache gelobt. Und das, kleiner Elf, ist alles, was Er wissen muß.«

Der Zentaur legte an Tempo zu, und bald war das Kind in seinen Armen eingedöst. Hin und wieder erwachte es, einmal, als frische Luft durch seine Haare wehte und ihm klar wurde, daß sie außerhalb der Höhlen durch die mondlose Nacht liefen, und einmal, als der Zentaur fast lautlos durch die gepflasterten Straßen von Qualinost eilte.

Schließlich erreichten sie den Palast. Miral wurde wach und bekam mit, wie sie hinten herum durch das Gartentor kamen – wieso merkten die Wachen nichts, fragte er sich – und von dort aus in den Hof. Große Hände legte ihn auf weiches Moos und deckten ihn mit einem Tuch zu.

»Schlaf jetzt, kleiner Elf«, murmelte der Zentaur. »Am Morgen wird Er sich an nichts mehr erinnern.«

Nachdem er ein letztes Mal die Schulter des Kleinen getätschelt hatte, wendete der Zentaur auf dem Hof und war gleich darauf lautlos verschwunden.

Kapitel 10

Noch ein Tod

In den nächsten paar Tagen blieben Tanis und Eld Ailea abwechselnd bei Flint im Laden. Der Zwerg sagte unzählige Male, sie sollten sich keine Sorgen um ihn machen.

»Ihr habt doch selbst viel zuviel zu tun, als euch um einen lahmen Zwerg zu kümmern!« sagte Flint verdrießlich, doch die Worte an seine Pfleger waren verschwendet. Einmal kam Solostaran zu Besuch und wirkte angesichts von Flints Gereiztheit beruhigt. Miral kam zweimal vorbei, um nach dem Zwerg zu sehen.

Am Mittag des zweiten Tages begann Flint, sichtlich wieder Kraft zu gewinnen, und aus der Zahl seiner Flüche beim Bewegen konnte man schließen, daß die Schmerzen nachließen. Doch Eld Ailea bestand weiterhin darauf, daß der Zwerg nicht allein sein dürfe, und blieb bei Flint, während Tanis zum Palast zurückkehrte, um frische Kleider zu holen.

Immerhin gestattete sie Flint, von seinem Lager aus an Porthios' *Kentommen*-Medaille weiterzuarbeiten.

»Schließlich geht das Fest morgen los«, sagte sie unbekümmert, während sie ein Verbandstuch auf dem Tisch ausbreitete und es so faltete, wie es dem untersetzten Zwerg am besten passen würde.

»Morgen?« japste Flint und schoß aus dem Bett hoch. Dann faßte er sich stöhnend an die Schulter. »Ich dachte, ich hätte noch drei Tage Zeit!«

Ailea fing den Zwerg auf dem Weg zur Tür ab – auch wenn unklar war, was er damit erreichen wollte, wenn er ohne Hemd durch Qualinost rannte – und scheuchte ihn mit Schalk in ihren grünbraunen Augen ins Bett zurück. »Ganz ruhig«, sagte sie. »Du hast wirklich noch drei Tage Zeit.«

Sie erklärte ihm die Einzelheiten des Festes, während sie den alten Verband von der Brust des Zwergs abnahm.

»Das Wort ›*Kentommen*‹ oder ›Erwachsenwerden‹ bezieht sich nur auf den letzten Abschnitt des vierteiligen Festes«, erzählte sie, als sie vorsichtig das Leinen von der Wunde abzog. »Das ist der eindrucksvollste Teil, den die meisten Leute sehen wollen. Viele Elfen sagen aber zu dem ganzen, dreitägigen Fest ›*Kentommen*‹.«

Die Hebamme berichtete weiter, während sie mit sanften Händen die heilende Wunde wusch: »Der erste Tag ist das Kaltatha, das ›Grauwerden‹. Dieser Teil geht morgen früh los. Im Kaltatha wird der junge Elf – Mann oder Frau, er muß nur dem Adelsstand angehören – von seinen Eltern in den Hain begleitet«, womit sie den alten Wald in der Mitte der Elfenhauptstadt meinte.

Ailea spülte den Lappen in einer Schüssel mit sauberem

Wasser aus. »Wenn der junge Mann, der das *Kaltatha* erlebt, von so hohem Rang ist wie Porthios, nutzen die einfachen Elfen meist die Gelegenheit, um dabei in ihren buntesten Festkleidern oder gar in Kostümen durch die Straßen zu ziehen. Sie tanzen und singen Lieder, die so alt sind wie das Fest selbst«, sagte sie. »Darum achtet der Palast darauf, daß bunte Fahnen genäht werden. Sie sollen den Weg zum Wald markieren.«

»Das würde ich gerne sehen«, meinte Flint.

Eld Ailea untersuchte sorgfältig die Stelle, wo der Dolch in Flints Schulter eingedrungen war. »Du dürftest morgen wieder soweit sein, daß du zu der Prozession gehen kannst, möchte ich meinen.«

Sie reinigte die Wunde ein letztes Mal und kippte die Schüssel dann vor der Hintertür des Ladens aus.

»Was passiert im Hain mit Porthios?« fragte der Zwerg.

»Die Stimme führt Porthios in die Mitte des Waldes, um ihm dann zeremoniell den Rücken zuzukehren«, erklärte die Hebamme. »Porthios bleibt drei Tage im Hain. Solange ißt er nichts und trinkt nur aus der Quelle in der Mitte des Hains. Keiner darf den Hain betreten und ihn stören, und er darf ihn auch nicht verlassen.«

»Klingt, als wenn man Wachen aufstellen müßte«, stellte der Zwerg mürrisch fest, während er sich bemühte, nicht zu zeigen, wie er die sorgenden Hände der Hebamme genoß.

»Oh, das wird auch gemacht«, versicherte ihm Eld Ailea. »Abwechselnd stehen Elfen aus dem Adel Wache, die ihre Zeremonienschwerter tragen – wie das, das Tyresian zum Reparieren gebracht hat.«

»Sind diese Wachen wirklich nötig?« fragte Flint.

»Wahrscheinlich nicht«, räumte die schlanke Elfin ein.

»Wer im *Kaltatha* – oder in jedem anderen Teil des *Kentommen* – versagt, wird für immer als Kind angesehen werden, egal wie alt er wird.«

Flint wirkte beeindruckt.

Ailea fuhr fort: »Im Hain wird sich Porthios reinigen. Er soll alle Schichten der Kindheit abwerfen. Am letzten Morgen badet er in der Quelle, und wenn er heraussteigt, sind Körper und Seele rein. An diesem dritten Morgen bringt man ihm eine graue Robe, die sein noch ungelebtes Potential symbolisiert, und führt ihn aus dem Wald«, endete sie. »Dabei gibt es kein Straßenfest. Statt dessen achten alle gewöhnlichen Elfen darauf, den jungen *Kentommen*-Elfen überhaupt nicht anzusehen, während man ihn in seiner grauen Robe durch die Stadt führt.«

»Warum nicht?« wollte der Zwerg wissen.

»Weil er weder Kind noch Erwachsener ist. Im Prinzip existiert er gar nicht. Ein Elf würde sich lächerlich machen, wenn er jemanden ansieht, den es gar nicht gibt.«

Flint schnaubte, was aber nicht verächtlich klang. »Das ist ja ganz etwas anderes als mein Vollbarttag. Da gab es hauptsächlich einen Haufen Geschenke und große Krüge voll Bier.« Er sah nachdenklich aus. »Wenn ich's mir überlege, ziehe ich das drei Tagen ohne Essen und Bier vor.«

Leise lachend legte Ailea den sauberen Verband an. Dann brachte sie Flint alles, was er für seine Arbeit an der Medaille brauchte.

Tanis kam an diesem Abend früh vom Palast zurück und hatte alles für die Nacht dabei. Er bereitete ein einfaches Abendbrot für sich, die Hebamme und den Zwerg zu: ein Laib braunes Brot, ein halber Käse, die letzten süßen Äpfel vom vergangenen Herbst und einen kleinen Krug Bier. Schließlich ging die Sonne hinter den Espen unter. Die letzten Lichtstrahlen leuchteten durch das Grün der gefiederten Blätter, und Schatten krochen aus den dunklen Hainen, um sich über die Straßen der Elfenstadt zu schieben. Der Halbelf überzeugte Eld Ailea, daß sie Flint ruhig mal eine Weile verlassen konnte, und sie gab zu, daß sie noch etliche andere Dinge zu erledigen hätte.

»Aber laß niemanden ein, nur mich oder die Stimme«, warnte sie Tanis.

»Warum?«

Eld Ailea schien mit etwas herausrücken zu wollen, doch in letzter Sekunde beherrschte sie sich. »Flint sollte am besten eine Weile ruhen. Du weißt, wie Besuch ihn aufregt.« Dann versprach sie Tanis, am Morgen zurückzukommen, lief geschwind den Weg hinunter, schlüpfte dann zwischen zwei baumartigen Häusern durch und verschwand.

»Flint? Aufgeregt wegen Besuch?« fragte der Halbelf sich leise. Er schüttelte den Kopf.

* * *

Als Flint am anderen Morgen die Augen aufschlug, herrschte ein Höllenlärm. »Reorx in der Schmiede! Was ist das für ein Aufruhr?« wollte er wissen. Aus den weichen Schatten im Laden zu schließen, war die Sonne gerade erst aufgegangen.

Tanis drehte sich auf der Schlafstatt um, die er sich auf einem dicken Teppich neben Flints Tisch gebaut hatte, stand auf und öffnete die Fensterläden. Flint stützte sich auf einen Ellbogen und schaute in ein Farbenmeer. Dutzende von Elfen strömten an seinem Laden vorbei und sangen mit lauter Stimme ein wildes Lied in fremder Sprache. Er erkannte nur wenige Elfenwörter, und selbst die klangen seltsam.

»Die alte Sprache«, erklärte Tanis, »aus der Zeit von Kith-Kanan, auch wenn manche Lieder jünger sind. Sie preisen Elfensiege seit den Sippenmord-Kriegen und loben die verschiedenen Altersstufen, vom Baby bis zum Greis. Es geht auch um Leute, die in ihrem Leben große Dinge vollbracht haben.« Er hörte auf zu sprechen und lauschte mit abwesendem Gesichtsausdruck. Plötzlich blieb ein Elf in kräftig pinkfarbener Robe vor dem Laden stehen und begann ein neues Lied. »Aber Flint!« rief Tanis aus, wobei er den Zwerg nicht ansah. »Das ist ja über dich! Und auch in Altelfisch!«

»Sag bloß«, wunderte sich Flint. Er stand mühsam auf und schob vorsichtig seine Arme in die Ärmel eines blaßgrünen Hemds, das Eld Aileas Nadel erst kürzlich fertiggestellt hatte. Dann zog er das Hemd über dem Verband zurecht. »Und, Junge, was sagt er?«

»Er sagt«, Tanis konzentrierte sich, »er sagt, daß du ein Prinz unter den Zwergen bist.« Der Halbelf konzentrierte sich wieder, wobei er darauf achtete, Flint das Gesicht nicht zuzuwenden.

»Weiter, Junge«, drängte Flint. »Erzähl doch.« In seiner Eile steckte er versehentlich beide Füße in dasselbe Hosenbein und mußte die Hose noch einmal ausziehen.

Tanis warf ihm einen verstohlenen Blick zu. »Er sagt, du bist ein genialer Schmied – nein, ein ›wahrer Künstler‹ deines Fachs.«

Flint war beeindruckt und spähte aus dem Fenster. »Und dabei glaube ich nicht, daß ich den Herrn überhaupt kenne …« Er steckte einen Fuß in den Stiefel, ohne hinzusehen, und hüpfte auf dem anderen Bein herum. Der Elf draußen sang weiter. Er hatte den Kopf zurückgeworfen und die Hände vor der Robe gefaßt. Andere Elfen versammelten sich, um ihm zuzuhören.

»Er sagt auch«, erzählte Tanis, »daß du ein tapferer Kämpfer und ein treuer Kamerad ersten Grades bist.«

»Nun, da hat er jedenfalls recht«, sagte Flint mit dem anderen Stiefel in der Hand. »Was für ein hübsches Lied!«

Tanis kämpfte gegen sein Lächeln. »Und er sagt, du sollst dich fertig anziehen und Tanthalas, dem Halbelfen, zur *Kalthata*-Prozession folgen, damit ihr beide nicht zu spät kommt.«

»Er …« Flint hielt inne. »Wie?« Er stand reglos da, hatte eine Augenbraue hochgezogen und einen Fuß über dem Stiefel hängen, bis Tanis seinen Spott nicht mehr verbergen konnte. »Du … du Türknauf!« Der Zwerg warf seinen Stiefel nach dem kichernden Halbelfen, der sich gerade noch rechtzeitig duckte.

Zehn Minuten später tauchten die beiden aus dem Laden in einen Mahlstrom von Farben, Gerüchen und Geräuschen. Nach kurzem Schmollen hatte sich der Zwerg entschlossen, wieder mit Tanis zu reden. »Wo gehen wir denn hin, Junge?« fragte er. Für einen Zwerg, der erst vor wenigen Tagen ein Messer in die Schulter bekommen hatte, sah er erstaunlich gesund aus.

Tanis zeigte zwischen zwei Rosenquarzhäusern hindurch, die im Licht des frühen Morgens pinkfarben leuchteten. »Der Zug wird durch die Straße da drüben gehen. Aber ich finde, wir sollten erst bei einem von den Straßenverkäufern Frühstück besorgen.«

Das hielt auch der Zwerg für eine gute Idee, darum einigten sich die beiden auf einen jungen Elfen, der an seinem Stand saß und geröstetes Brot mit Puderzucker verkaufte. Kauend standen sie dann vor einem Tisch, wo ein Elf phantasievolle Masken der Wesen von Krynn verkaufte: Minotauren, Waldwesen und Gossenzwerge, auch wenn letztere anscheinend nicht so gut liefen. Die Qualinesti hatten keine große Lust, sich als kleine, stinkende Persönchen zu verkleiden und die Nachbildung einer toten Ratte mit sich herumzuschleppen, die das I-Tüpfelchen des Gossenzwergkostüms war. Ein anderer Straßenhändler verkaufte Tanis und Flint kleine Würstchen aus Wildbret auf heißen Brötchen mit leckerer Kruste, und zum Schluß holten sie sich heißen Gewürztee – den der Zwerg fast so gut fand wie Bier. Tanis' Geldbörse war zwar wesentlich leichter, als sie auf die Straße der Prozession kamen, aber ihre beiden Bäuche dafür erheblich voller.

»Also das war ein Frühstück, das einen Zwerg wirklich wieder auf die Beine bringt«, sagte Flint, der sich die fettigen Finger sorgfältig an seinen dunkelbraunen Hosen abwischte. »Ob sie mittags wohl noch da sind?« fragte er hoffnungsvoll.

»Höchstwahrscheinlich«, sagte Tanis und wollte gerade noch etwas sagen, als neue Aufregung im Norden seine Aufmerksamkeit erregte. Die Menge schien sich um das Zentrum des Lärms zusammenzuballen, und Tanis konnte die schwarzen und silbernen Federn der Prachtuniformen der Palastgarde erspähen. Er zeigte in die Richtung.

»Da kommen Porthios und die Stimme«, rief er Flint durch den wachsenden Lärm hin zu. Der nickte.

Die Begleiter von Porthios und Solostaran gingen an den vier Ecken eines breiten Quadrats, während die Stimme und ihr Ältester majestätisch im Zentrum des Gefolges einherschritten. Als die Gruppe wortlos vorbeikam, ohne nach rechts oder links zu sehen, teilte sich die Menge.

Flint sprang hoch und runter, wobei er mit der linken Hand seine rechte Schulter hielt. »Ich sehe nichts!« beklagte er sich. Die Menge um ihn und Tanis wurde noch während seines Murrens dichter, und bald wurden die zwei im Gedränge getrennt.

»Flint!« rief Tanis. »Ich treff dich hinterher im Laden!«

Aber der Zwerg war mit der Menge weggerissen worden.

Trotz all des Lärms beim Nahen der Elfengruppe wurde die Menge still, als Porthios und sein Gefolge vorbeizogen. »Das ist etwas, woran du dich dein Leben lang erinnern wirst!« hörte Tanis einen Elfenvater zu seiner kleinen Tochter sagen, die anscheinend mehr an dem Stück Röstbrot mit Zucker interessiert war, das sie gerade aß, als an den geschichtlichen Ereignissen, die sich vor ihr abspielten.

Tanis hielt den Atem angesichts der Haltung und Ausstrahlung der Stimme an. Das Gesicht war entschlossen, die Schultern straff, und die goldene Robe blitzte, ebenso der goldene Reif auf seiner Stirn. Porthios in seiner einfachen, dunkelgrünen Robe ging mit gleichem Stolz neben ihm her und paßte perfekt zu Solostaran.

Als die Stimme und Porthios vorbeikamen, stand der Halbelf stocksteif da. Stolz und Neid kämpften in ihm. Er fragte sich, wer seine Eltern vertreten würde, wenn es Zeit für sein eigenes *Kentommen* war, oder ob sein Menschenblut ihm dieses Recht nehmen würde.

Die Menge zog hinter der Stimme her, doch Tanis blieb, wo er war. Dann ging er in die entgegengesetzte Richtung davon.

* * *

Flint fluchte, hielt sich die Schulter und wünschte sich, dieser Türknauf von einem Halbelfen würde ihn finden, während er dauernd gegen Elfen stieß. Er war höchstens halb so groß wie sie und wurde wie ein Blatt im angeschwollenen Fluß mitgerissen.

Irgendwann erblickte er durch die Leiber hindurch jemanden, den er kannte. Er stand etwa dreißig Fuß entfernt in einem Eingang. Flint stemmte die Füße auf und schrie: »Miral!« Der Magier sah sich überrascht nach ihm um und winkte den Zwerg zu sich herüber, doch Flint zuckte nur hilflos mit den Schultern. Wäre er dazu fähig gewesen, sich durch eine solche Masse zu kämpfen, wäre es ihm auch gelungen, bei Tanis zu bleiben.

Dem großen Magier gelang es besser, das Elfenmeer zu durchteilen, und bald erreichte der verhüllte Miral den Zwerg und zog ihn in einen anderen Hauseingang. »Es ist leichter, sich an etwas Festes zu halten, und die Menge um sich herum fließen zu lassen«, sagte der Zauberer mit trockenem Lächeln. Sie sahen schweigend zu, wie die Elfen als singende Flut in Rot, Grün, Gelb und Blau vorbeiströmten.

»Was passiert jetzt?« fragte Flint.

Der Magier war überrascht. »Mit wem?« fragte er.

»Mit Porthios.« Flint zeigte auf die davonziehende Prozession, von der nur noch die Federn der Wachen aus der Masse herausragten. »Wenn er seine Wache im Hain beendet hat.«

»Besuchst du Qualinesti seit zwei Jahrzehnten und weißt noch nicht, wie das *Kentommen* abläuft?« fragte Miral ungläubig.

Der Zwerg war beleidigt. »Ich habe kleine Feste gesehen, aber nichts, was wirklich beachtenswert war.«

»Aha.« Der Magier nickte weise, trat aus dem Eingang und schlug den Weg zu Flints Laden ein. »Also, nach dem *Kalthata*, das ist die dreitägige Wache, die heute beginnt, führen drei Adlige Porthios aus dem Hain. Ihre Identität wird hinter schwarzen Roben, Handschuhen und Masken verborgen sein. Die Stimme wird nicht dabei sein, weil sie sich am Vortag zum Meditieren und Beten zurückzieht.

Porthios trägt dann die graue Robe, ebenso wie Gilthanas, der dann von seiner Nachtwache am *Kentommenai-Kath* zurückkehrt, wo er auf den Fluß der Hoffnung hinausblickt.« Miral brach seinen Bericht ab. »Bist du da schon gewesen?«

Flint nickte.

»Die Leute aus der Stadt werden keinen der beiden Brüder beachten«, sagte Miral. »Das gehört zu den Grundsätzen des *Kentommen.*«

»Ich weiß«, erwiderte Flint. »Ailea hat es mir gesagt. Wo geht Porthios hin?«

Der Zauberer nahm den Faden wieder auf, wobei er einem Kind auswich, das eine silbergraue Fahne schwenkte. »Die drei Adligen führen ihn in einen Steinraum tief unter dem Palast. Es ist ein dunkler Raum, und er muß sich in einen kleinen Lichtkreis in der Mitte setzen.« Miral und Flint gingen an einem glitzernden Quarzhaus in Eichenform vorbei und bogen um eine Ecke.

»Die maskierten Adligen stehen im Dreieck um den jungen Mann«, erzählte Miral. »Sie sind die *Ulathi*, die Zeugen, und jeder trägt einen zeremoniellen Namen: *Tolethra*, der Ehrgeiz, *Sestari*, der Neid, und *Kethyar*, der Stolz. Jeder befragt den jungen Mann gnadenlos, beschuldigt ihn des selbstsüchtigem Ehrgeizes, des Neides auf wichtigere Andere und des dummen Stolzes. Durch ihren Zorn, ihr Schelten, ihren Spott und ihre Kritik prüfen sie die Stärke des Willens und die Reinheit der Seele, die der junge Mann im Hain errungen hat.«

Flint stellte sich die Szene vor und erschauerte. Da zog er seine Vollbarttage doch vor. »Wozu dieses Verhör – wie hieß das doch gleich?«

»Dieser Teil vom *Kentommen* heißt das *Melethka-Nara*, der ›Schatten im Herzen‹«, sagte Miral. »Wie der Name verrät, geht es darum, zu sehen, ob noch ein Schatten über dem Herzen des jungen Elfen liegt. Wenn ja, dann wird er sich einschüchtern lassen, wütend werden oder über ihren Worten verzweifeln. Wer schreit, weint oder auch nur zusammenzuckt, hat bei diesem Test versagt. Wenn der junge Elf jedoch am Ende des Verhörs immer noch ruhig und mit sich selbst im reinen ist, dann nicken die *Ulathi* einfach, verlassen den Raum und lassen die Tür offen.«

Plötzlich wußte der Zwerg, wo die Stimme jene undurchdringliche Maske entwickelt hatte, die bei Aufregung über ihr Gesicht fiel. Er fragte sich, wie sich Porthios und dann auch Tyresian durch das *Kentommen* verändern würden.

Sie hatten Flints Laden erreicht, doch von Tanis war keine Spur zu sehen. Flint war glücklich, sich ein paar Minuten auf seiner geliebten Steinbank ausruhen zu können – auch wenn er das nie zugegeben hätte –, und bat Miral herein. Der war einverstanden, und bald teilten sich die beiden eine Tüte geröstetes und gesalzenes *Quith-Pa*, die der Zwerg auf dem Rückweg von der Prozession erstanden hatte. Flint hatte einen Krug Bier in der Hand; der Magier trank Wasser.

»Und wie geht es dir, mein Freund?« fragte Miral. »Hast du etwas darüber herausbekommen, wer diese gemeine Falle aufgestellt hat?«

Flint schüttelte den Kopf als Antwort auf die zweite Frage, erwiderte jedoch auf die erste, daß er so gesund wie jeder nur halb so alte Zwerg sei. »Tanis und Eld Ailea haben sich bestens um mich gekümmert. Sie haben mir lauter gesunde Sachen zu essen und zu trinken gegeben. Das war scheußlich«, fügte er maulend hinzu.

»Und hat der Trank, den ich hiergelassen habe, gewirkt?« erkundigte sich Miral. »Ich hatte mich gefragt, wie du damit klar kommst, wenn du stündlich eine Tasse Tee trinken mußt.«

»Tee?« Der Zwerg sah verwirrt aus. »Nein. Ailea hat mir so viel kaltes Wasser und Milch verabreicht, daß ich richtig am Schwimmen war – sie hat behauptet, das wäre gut gegen Wundfieber –, aber Tee habe ich nicht bekommen. Außer wenn sie ihn ins Wasser gemischt hat. Würde ich ihr glatt zutrauen.«

»Nein, diesen Tee hätte man warm trinken müssen«, sagte der Zauberer. »Nun gut. Vielleicht habe ich vergessen, die Kräuter hierzulassen. Ich habe in letzter Zeit so viel um die Ohren, daß ich nie genau weiß, ob ich etwas wirklich getan habe oder nur daran gedacht habe.«

Plötzlich hörte Flint leichte Schritte auf dem Weg zu seiner Tür. »Das wird Tanis sein«, sagte er.

Aber es war ein Elfenkind in Flints Größe mit weizenblondem Haar und meerblauen Augen. Das Mädchen platzte gleich los: »Das ist von Eld Ailea. Für Flint Feuerschmied oder Tanthalas, den Halbelfen.« Damit warf sie Flint ein gefaltetes Stück Pergament zu.

Das Kind stand vor Flint und trat unruhig von einem Fuß auf den anderen, während der Zwerg das Papier auffaltete und auf die Nachricht sah. »Flint, Tanthalas«, las der Zwerg laut vor. »Kommt sofort her. Ich weiß, was mit Xenoth war. Ailea.«

Er sah auf. »Was auf Krynn ...?« Flint starrte das Elfenkind leer an, um es dann plötzlich wahrzunehmen. »Was willst du, Mädchen?« grollte er.

»Eld Ailea hat gesagt, du würdest mir ein Spielzeug geben, wenn ich die Nachricht überbringe und den ganzen Weg renne.« Das Kind keuchte immer noch. »Das war ganz schön anstrengend. Die Parade kommt gerade zurück. Draußen ist alles voller Leute!« Sie klang trotzig.

Flint zeigte auf den Schrank. »Da drin. Such dir was aus.

Welchen Eindruck hat denn Ailea gemacht, als du sie verlassen hast, Kleine?«

Das Kind hatte schon die Schranktür geöffnet und wühlte gierig in den Sachen. Dem Zwerg erwiderte sie beiläufig: »Aufgeregt. Sie hat die ganze Zeit gesagt: ›Jetzt ist mir alles klar. Narbe. T. Erbe. Jetzt verstehe ich.‹ Und sie hat mich richtig aus der Tür geschubst.« Das Kind hörte sich beleidigt an.

Flint sah verwirrt aus. Er blickte von Miral zu dem Hinterkopf des Kindes, das die Spielsachen durchsah.

»Narbe. ›T‹«, überlegte Flint. »Erbe?«

»Ich kenne keine Elfen mit T-förmiger Narbe«, sagte der Magier und schob die Tüte mit gesalzenem *Quith-Pa* beiseite. »Außer vielleicht Tyresian.«

Flint setzte sich aufgeregt auf. »Das ist es! Tyresians Arme sind voller Narben von den jahrelangen Übungskämpfen. Ailea muß irgend etwas über ihn herausbekommen haben, was mit Lord Xenoths Tod zu tun hat.« Er stieß sich von der Bank hoch und eilte zur Tür. »Komm, wir müssen uns beeilen«, rief er Miral zu. Dem kleinen Mädchen sagte er: »Nimm dir, was du willst!«

Der Magier war direkt hinter ihm, als Flint auf die Straße rannte und sich durch die feiernden Elfen kämpfte, die jetzt wieder die Straßen verstopften, nachdem sie Porthios im Hain abgeliefert hatten.

Das Mädchen blieb bis zum Bauch in Spielsachen glücklich in Flints Laden sitzen.

* * *

Ailea lief ungeduldig im Haus herum, und gelegentlich schlug sie mit der kleinen Faust in die Handfläche der anderen Hand – eine männliche Geste, die bei einer Elfenfrau ungewöhnlich aussah, aber sie war entsetzlich aufgeregt.

»Das muß es sein!« flüsterte sie sich selbst zu. »Natürlich!« Am Kamin machte sie kehrt und ging wieder zur Haustür. Erneut spähte sie auf die Straße hinaus. »Wo stecken sie bloß?« schimpfte sie. »Hat Fionia sie inzwischen wohl gefunden? Ich hoffe bloß, das Kind hat sich nicht verlaufen ...«

Sie hörte hinten im Haus etwas knacken und machte die Haustür wieder zu. »Flint? Tanthalas?« rief sie mit fast katzenhaftem Gesichtsausdruck. Sie eilte wieder durch das Empfangszimmer, dann am Kamin vorbei. An der Schwelle zur Küche blieb sie stehen. »Wer ...?«

Die Gestalt drehte sich um, und Eld Ailea erstarrte. In all den Jahrhunderten hatte sie noch nie so gefürchtet. Mit feuchten Händen und kurzen Atemzügen wich sie blindlings zurück und warf dabei einen kleinen Tisch um. Drei Babyporträts und einer von Flints Schaukelvögeln fielen auf den Boden.

Die Gestalt folgte ihr ins Empfangszimmer. Ailea wollte schreien.

Doch sie brachte keinen Ton mehr heraus, sondern brach still auf dem Boden zusammen.

Dann war die Gestalt verschwunden.

* * *

Als Tanis von der Prozession wegging, nahm er die einsamsten Straßen, die er finden konnte – was nicht schwierig war, denn die meisten Bewohner von Qualinost folgten Porthios und der Stimme zum Hain. Er lief eine halbe Stunde umher, bis ihn der Ruf eines Straßenhändlers daran erinnerte, daß er Flint versprochen hatte, ihn im Laden zu treffen.

Kurz darauf kam er dort an, fand jedoch nur ein blondes Elfenkind vor, das glücklich auf dem Boden mit verschiedenen Holzspielsachen beschäftigt war. Es stellte sich als Fiona vor, zeigte Eld Aileas Nachricht, die noch auf der Bank lag, und verkündete stolz, daß der Zwerg ihr das ganze Spielzeug geschenkt hätte.

Tanis las die Nachricht und war schon aus der Tür gerannt, bevor das Mädchen den Satz zu Ende gebracht hatte.

Später würde er sich kaum noch daran erinnern können, wie er eigentlich so schnell von Flints Laden zu Eld Aileas Haus gekommen war. Überall sangen, tanzten und lachten die Qualinesti. Einmal sah er Flint Feuerschmied kurz allein an einer Straßenecke stehen und suchend um sich blicken, als wenn er jemanden verloren hätte, doch als die Menge den Blick wieder freigab, war der Zwerg verschwunden. Der Halbelf eilte weiter.

Die Tür des rosa-grauen Hauses war nicht verriegelt, doch das war nichts Ungewöhnliches. Die Qualinesti verschlossen ihre Türen selten; es gab nur wenige Verbrechen in Qualinost, kein Elf mußte sich fürchten. Tanis klopfte, erst zögernd, dann fester, weil die übliche Antwort der Hebamme: »Komme, komme, komme«, nicht zu hören war. Er rief zum Fenster im ersten Stock hoch, doch es kam keine Antwort.

Eine Nachbarin streckte den Kopf aus ihrer Tür und sah den Halbelfen, der heftig gegen die Tür schlug, verwundert an. »Ailea muß zu Hause sein«, rief die Elfenfrau. »Ich habe sie vor kaum fünf Minuten am Fenster gesehen.«

Schließlich machte Tanis die Tür auf und trat ein. Noch bevor sich seine Augen an das Dämmerlicht gewöhnt hatten, wußte er, daß etwas nicht stimmte. Er hatte erwartet, daß eine aufgeregete Hebamme von hinten angerannt käme, um ihm zu sagen, wie sie das Rätsel um Xenoths Tod gelöst hatte.

Statt dessen roch er Tod. Die Tür schlug hinter ihm zu.

Die alte Hebamme lag vor dem Kamin auf dem Rücken – in ihrem eigenen Blut. Ihre runden Augen, die Menschenaugen, für die sie sich nie geschämt hatte, starrten blicklos an die Deckenbalken. Dutzende von Miniaturen lagen im Raum verteilt. Tanis konnte erkennen, daß sie sich nach dem tödlichen Treffer noch bewegt hatte; eine breite Blutspur zog sich von der Tür bis zu dem Teppich vor dem Kamin. Einen Ärmel hatte sie bis zum Ellbogen hochgezogen, und ihr fliederfarbener

Rock war etwas verrutscht, wodurch er ein schlankes Bein bis zum Knie enthüllte. In der anderen Hand hielt Ailea das Porträt von zwei Elfenkindern.

Tanis konnte nicht einmal aufschreien. Er kniete sich neben den zierlichen Körper der Elfin, ohne auf das Blut zu achten, das seine Hosen und Mokassins durchtränkte. Aileas Rock war voller Blut. Er merkte, daß er vergeblich versuchte, es abzuwischen, und es dabei nur noch mehr verschmierte. Er berührte ihr Gesicht in der Hoffnung, ihren Atem an seiner Hand zu spüren. Das Fleisch der Elfin war zwar noch warm, jedoch totenstill.

Seine Finger waren ganz rot. Als er sich auf die Hacken zurücksetzte, zog sich sein Herz vor Trauer und Wut zusammen.

Plötzlich wurde ihm bewußt, daß schon seit einer Weile jemand an die Haustür hämmerte. In diesem Moment flog die Tür hinter ihm auf. Tanis fuhr herum.

»Großer Reorx!« schrie Flint, und dann: »Ailea!«

* * *

Auf halbem Weg zu Aileas Haus war Flint in den Strom von Elfen geraten und hatte Miral aus den Augen verloren. Da er jedoch fand, daß ein Elf, der mit den anderen Elfen auf Augenhöhe war, bessere Chancen hatte, sich durch die Menge zu kämpfen, als ein Hügelzwerg, hatte Flint sich nicht weiter darum gekümmert.

Miral holte den Zwerg an der Schwelle zu Aileas Haus ein, als Flint zum ersten Mal klopfte. Der Magier wirkte ausgepumpt.

Flint beachtete ihn nicht. Statt dessen begann er, gegen die Tür zu hämmern. Schließlich riß er sie auf, sah Tanis' tränenüberströmtes Gesicht zu ihm aufschauen und schrie auf, als er den Anblick hinter dem Halbelfen sah.

Und dann hatte Flint den Blick gehoben und die Worte entdeckt, die auf dem Kaminsims geschrieben standen. Sie wurden schon braun, weil die Flüssigkeit trocknete.

»Ailea«, stand da, »es tut mir leid.«

* * *

»Begreife, welches Urteil ich fällen muß«, sagte später die Stimme vom Podium des Sonnenturms aus. Hunderte von Elfen, die durch das *Kentommen* angelockt worden waren, standen an der Tür, auch wenn in den zentralen Raum selbst nur Adlige eingelassen wurden, wenn die Stimme Hof hielt. Im Hintergrund wurde ununterbrochen gemurmelt.

»Seit den Sippenmord-Kriegen hat kein Elf mehr das Blut eines Elfen vergossen, Tanthalas«, sagte Solostaran, »und wir betrauern nicht nur das Dahinscheiden einer langjährigen, treuen Dienerin des Hofes, wir trauern auch um den Verlust des Friedens, der in dieser Stadt so lange geherrscht hat.

Doch bevor wir trauern können, muß der, der diesen Schatten über uns gelegt hat, sich dafür verantworten. Darum stehst du vor mir, Tanthalas Halbelf. Du bist des Mordes an Eld Ailea, der Hebamme, angeklagt.«

Litanas murmelte von seinem neuen Platz rechts vom Podium: »Wahrscheinlich hat er auch Lord Xenoth umgebracht.«

»In dieser Tat und in meiner Weisheit«, erklärte Solostaran, »erkläre ich dich für schuldig.«

Tanis, der immer noch die blutbefleckten Kleider trug, die er bei seiner Festnahme durch die Palastwache in Aileas Haus angehabt hatte, zuckte zusammen, blieb jedoch stehen. Er hörte ein leises Murren hinter sich und wußte, daß das Flint war.

»Darum verkünde ich, daß du, Tanthalas, der Halbelf, vom ganzen Land der Qualinesti verbannt sein sollst, und daß die Bewohner dieses Landes dich ächten sollen, als hätte es dich nie gegeben. Andernfalls droht ihnen dieselbe Strafe.«

Tanis schwirrte der Kopf. Der Tod wäre leichter, dachte er.

Der Gedanke, Qualinost zu verlassen, verursachte Tanis die gleichen Schmerzen, als wenn man ihm ein Messer ins Herz gestoßen hätte. Bei all seiner Sehnsucht, Krynn zu bereisen, hatte er immer geglaubt, er könnte jederzeit nach Qualinost zurück.

Tyresians Miene zeigte grimmigen Triumph bei den Worten der Stimme.

»Tanthalas, nimmst du dieses Urteil an?« fragte Solostaran.

Tanis machte den Mund auf, um zu antworten, ohne daß er wußte, was er sagen würde, doch plötzlich stolperte eine der Wachen neben ihm, und Tanis sah überrascht, wie Flint wütend nach vorne stapfte und sich vors Podium stellte. »Ich weiß nicht, ob er es annimmt oder nicht«, entrüstete sich Flint mit den Händen auf den Hüften, aber traurigen Augen. »Aber, bei Reorx, ich weiß, daß ich nicht einverstanden bin!«

Alle, die ums Podium versammelt waren, starrten den Zwerg sprachlos an.

Flint war sich all der mandelförmigen Augenpaare bewußt, die ihn jetzt anstarrten, besonders dessen der Stimme. Jetzt schmeißen sie mich aus der Stadt, dachte Flint, und dann kann ich dem Halbelfen überhaupt nicht mehr helfen. Plötzlich dachte er an Ailea und merkte, daß er – wenn Tanis verbannt war und die Hebamme tot – wenig Grund hatte, in Qualinost zu bleiben.

Er schüttelte den Kopf und ordnete seine Gedanken. Gewiß würde Ailea es verstehen, wenn er jetzt alle seine Kraft brauchte, um Tanthalas, ihren Liebling, zu verteidigen. Flint würde die alte Hebamme später, im stillen, betrauern.

Aber jetzt brauchte ihn Tanis. »Seht doch, Stimme«, begann Flint mit rauher Stimme, bevor Solostaran noch irgend etwas sagen konnte. »Ihr habt anscheinend auf alles gehört, was diese Elfenlords Euch über den Vorfall erzählt haben – zumindest, was deren Meinung nach passiert ist. Es gibt keine Augenzeugen – *gar keine* Zeugen, bedenkt das. Aber sie haben bei dieser schlimmen Tat schnell mit dem Finger auf Tanis gezeigt«, fuhr Flint fort. »Ich denke an andere, die genauso, nein, viel mehr unter Verdacht stehen als der Halbelf, der zu Ailea in den letzten Wochen eine innige Beziehung entwickelt hat.«

»Innige Beziehung!« schnaubte Tyresian. »Theater!«

»Und Ihr, Lord Tyresian, gehört zu meinen Hauptverdächtigen!« bellte Flint und zeigte auf den Elfenlord.

»Unmöglich«, gab Tyresian zurück. »Ich habe mit anderen für Porthios am Hain Wache gestanden, als die alte Frau umgebracht wurde.«

Flint kam kurz aus dem Konzept. Dann fuhr er fort: »Was ist mit der Botschaft? Der Tod von Eld Ailea hat vermutlich etwas mit Lord Xenoths Tod zu tun. Die Hebamme hat diese Verbindung herausbekommen und wurde deshalb umgebracht. Warum sollte sie denn die Botschaft an mich *und Tanthalas* schicken, wenn sie Beweise hätte, die Tanis mit Xenoths Tod in Verbindung bringen?«

Die Stimme wollte den Zwerg anscheinend fortfahren lassen, obwohl das allen Regeln bei Hof widersprach. »Aber die Nachricht ist verschwunden, Meister Feuerschmied«, sagte Solostaran. »Keiner außer Euch hat sie gesehen. Miral, der Zauberer, hat nur gehört, wie Ihr sie vorgelesen habt, das Mädchen Fiona kann noch nicht lesen, und Tanis, der sie angeblich auch gesehen hat, ist der Hauptverdächtige. Außerdem hat man niemanden außer Tanis beim Betreten oder Verlassen des Hauses beobachtet, bevor Ihr und Miral gekommen seid. Und schließlich, warum sollte Aileas Mörder sich mit einer Nachricht auf dem Kaminsims entschuldigen, wenn der Mörder ihr nicht nahegestanden hat?«

»Ich ...« Flint brach ab. »Ich gebe zu, daß ich es nicht weiß, Stimme. Ich weiß nur, daß es nicht so gewesen sein kann, wie es aussieht.«

Die Stimme runzelte die Stirn. Das Gesicht des Herrschers der Elfen zeigte Verwirrung – vielleicht ein Hoffnungsschimmer.

»Bei allem Respekt, Stimme, aber das ist absurd«, widersprach Tyresian mit leiser Stimme, aber blitzenden Augen. »Seit wann darf ein einfacher Schmied und noch dazu ein Zwerg, die Weisheit des Gerichts in Frage stellen?«

Die Stimme hob die Hand. »Meister Feuerschmied hat mir gegenüber immer offen reden dürfen«, sagte Solostaran ruhig. In diesem Augenblick bemerkte Flint, wie müde und wie alt der Elf aussah. »Bitte«, sagte die Stimme und wies Flint an fortzufahren.

»Ich will nur sagen, Stimme«, erklärte der Zwerg kurz und bündig, »daß Ihr vielleicht Tanis seine Version der Geschichte erzählen lassen solltet.«

»Wir haben seine Geschichte gehört«, protestierte Tyresian, »und sie ist lächerlich. ›Ich kam an, und sie war tot.‹ Warum war dann ihr frisches Blut an seinen Händen? Warum hat dann kein Nachbar jemand anderen als Tanis hineingehen oder herauskommen sehen? Es gab nur einen Zeitraum von fünf Minuten, in dem die Hebamme gestorben sein kann, und in dieser Zeit war Tanis der einzige, der das Haus betreten hat. Erwartet er etwa, daß wir glauben –«

»Halt!« befahl die Stimme eisern. Tyresians Wortschwall brach abrupt ab. »Ich fürchte, Flint, es ist etwas Wahres an dem, was Lord Tyresian sagt«, sagte Solostaran bedauernd, während er sich wieder an den Zwerg wandte. »Wir haben Tanis' Geschichte gehört, und sie enthält wenig, was ihn entlasten könnte.«

Aber Flint war noch nicht fertig. »So sicher, wie mein Bart lang ist, gehen hier merkwürdige Dinge vor, Stimme, und ich glaube kaum, daß Ihr das bestreiten könnt. Möglich, daß Tanis, wenn man ihm Zeit läßt, etwas herausbekommt und seine Unschuld beweisen kann. Es sieht so aus, als hätte sich jeder hier seine feste Meinung gebildet. Aber ich finde, er hat eine Chance verdient.«

Flint konnte so unbeweglich sein wie ein Berg, wenn es darauf ankam. Die Stimme betrachtete den Zwerg eine Weile und lächelte dann leise. »Wie gewöhnlich, Meister Feuerschmied, erblaßt die Weisheit des Gerichts vor Eurem unbestechlich logischen Denken. Ich werde Euren Rat beherzigen.«

Tyresian stand die Wut ins Gesicht geschrieben, doch die Stimme ignorierte ihn.

»Tanthalas«, sagte Solostaran wieder mit ganzer Autorität, auch wenn dieses Mal die Kälte fehlte. »Du hast drei Tage Zeit, um zu beweisen, daß nicht du diese dunkle Tat begangen hast. Wenn du den Hof nicht bis Sonnenuntergang des dritten Tages von deiner Unschuld überzeugt hast, wird die von mir verhängte Strafe in Kraft treten, und du wirst für immer aus dem Reich der Qualinesti verbannt.«

Tyresian protestierte: »Der Halbelf ist gefährlich! Die Stadt ist voller Besucher wegen des *Kentommen*. In drei Tagen findet die Zeremonie statt. Was ist, wenn ein weiterer Mord geschieht? Wie viele Elfen müssen sterben, bevor die Stimme den Tatsachen ins Auge sieht?«

Solostaran sah sich ernst um. Gilthanas, Litanas und Ulthen schienen sich ebenfalls unbehaglich zu fühlen. »Hat noch jemand etwas zu sagen?« fragte die Stimme.

Plötzlich schien sich Litanas daran zu erinnern, daß er jetzt Berater der Stimme war. Er trat vor. »Ich stimme zu, daß Tanis Gelegenheit haben sollte, seine Unschuld zu beweisen, aber es scheint gewisse Bedenken unter den Adligen zu geben, ob es ratsam ist, einen des Mordes Angeklagten weiter in den Straßen von Qualinost frei herumlaufen zu lassen.«

Tyresian knurrte: »Gewisse Bedenken? Das ist eine Untertreibung.«

»Mein Berater hat das Wort, Lord Tyresian«, sagte die Stimme. »Fahrt fort, Lord Litanas.«

Litanas richtete sich auf. Seine braunen Augen sahen den Elfenlord direkt an. »Mein Vorschlag wäre: Sperrt Tanthalas für die drei Tage mit einer Wache vor der Tür in seinem Zimmer ein. Erlaubt seinem Freund, Flint Feuerschmied, Beweise für seine Unschuld zu sammeln. Am Ende der drei Tage – unmittelbar nach dem *Kentommen* – trefft Ihr Euch mit Flint und uns anderen wieder, um die Lage zu besprechen.«

Die Stimme nickte ernst, doch die grünen Augen wirkten erfreut. »Gibt es weitere Vorschläge?« Alles schwieg. »Dann soll es so sein, wie mein Berater, Lord Litanas, vorgeschlagen hat. So habe ich es in Weisheit beschlossen.«

Mit diesen alten Worten wurde der Rat vertagt. Nach einem letzten Blick auf Tanis und Flint verließ die Stimme mit wehender Robe den Saal.

Als Flint auf Tanis zukam, sah er, wie Miral mit dem Halbelfen redete. »Ich hoffe, daß du die Zeit nutzen kannst, die der Zwerg für dich herausgeschlagen hat, Tanis, aber ich befürchte, das wird eine schwierige Sache«, sagte der Zauberer traurig.

„Du glaubst also, daß ich es war?« fragte Tanis ihn.

»Nein. Ich glaube, daß du es nicht warst, Tanis. Aber die Beweise gegen dich sind stark.« Miral schüttelte den Kopf. »Laß es mich wissen, wenn du Hilfe brauchst, Tanis. Ich werde dir so gut ich kann beistehen.« Der Zauberer drehte sich um und verließ geschwind den Saal.

Gilthanas und eine andere Wache traten vor, um Tanis zu seinem Zimmer zu bringen.

Flint sah die beiden finster an, war jedoch überrascht, im Gesicht des jungen Elfenlords nur Traurigkeit zu entdecken.

»Die alte Hebamme hatte diesen Tod nicht verdient«, sagte Gilthanas leise.

»Ich weiß«, sagte Tanis. »Ich habe sie nicht getötet.«

»Sie hat auch mich und Laurana und Porthios entbunden«, meinte Gilthanas, um dann tief durchzuatmen. »Tanis, die Vernunft sagt mir, daß nur du Eld Ailea getötet haben kannst. Aber mein Herz hofft, daß du entlastet wirst, damit meinem Vater nicht das Herz bricht. Ich wäre froh, wenn du deine Unschuld beweisen kannst«, fügte er schlicht hinzu.

Gilthanas strich sich das goldene Haar aus den grünen Augen. In seiner schwarzen Uniform sah er klein aus. »Aber erwarte keine Unterstützung von mir. Ich kann dir nicht helfen. Und solltest du weitere Untaten planen …« Er berührte das silberne Emblem von Baum und Sonne auf seinem schwarzen Wams, das Wappen der Stadt und ihrer Wachen. »Dann werde ich gezwungen sein, dich aufzuhalten.«

Flint schnaubte. Das half ja wirklich viel. Tanis jedoch schien es zu verstehen, denn er nickte. Dann trat die andere Wache auf seine andere Seite. Tanis nahm sein Schwert ab und händigte es Flint aus.

Gilthanas und die andere Wache führten den Freund des Zwergs davon.

Kapitel 11

Auf der Suche nach Indizien

Zwei Tage später wanderte Flint am frühen Nachmittag durch Qualinost. Er war der Verzweiflung nahe, weil er keine Beweise fand. Er fragte sich, wie um alles in der Welt er etwas über Eld Aileas Tod in Erfahrung bringen sollte, wenn er keine Ahnung hatte, warum man sie umgebracht hatte. Er hatte mit jedem gesprochen, der etwas hätte wissen können, von Aileas Nachbarn bis hin zu Frauen, denen sie in letzter Zeit bei der Entbindung beigestanden hatte. Er hatte am Turm haltgemacht, um Porthios' Medaille abzuliefern, und hatte ein paar Elfen befragt, deren Meinung er noch nicht kannte.

»In der Nachricht stand, Ailea hätte gewußt, was mit Xenoth

war«, überlegte er und setzte sich am Rand des Großen Markts hin.

Der Markt, der schon sonst ein Gewirr von Farben und Geräuschen darstellte, war heute noch bunter. Das Fest für Porthios war der erste Anlaß, bei dem er so bunt gekleidete Elfen sah. Gewöhnlich trugen sie gedeckte erdfarbene Töne; heute nachmittag schwirrten die verschiedensten Rottöne an seinen Augen vorbei, und mehr als ein Elf trug eine Maske, die das Gesicht eines Tiers oder eines Vogels zeigte. Zur allgemeinen Erheiterung tanzte ein Elf sogar als Baum verkleidet herum – er steckte ganz in dunkelbraunem Leder, hatte einen braunen Sack mit zwei Löchern für die Augen über dem Kopf und hielt Espenzweige in den ausgestreckten Armen. Eine andere Elfin hatte weiße Federn an Kopf und Armen befestigt und trug eine weiße Maske mit einem Eulengesicht. Eine dritte Elfin schoß in einem dunkelgrünen Drachenkostüm über Kith-Kanans Mosaik – was ihr viel Spott von ihren Begleitern einbrachte, weil man seit Tausenden von Jahren keine Drachen mehr auf Krynn gesehen hatte, falls sie überhaupt je existiert hatten.

Porthios' Übergang von der Kindheit in die Erwachsenenwelt schien den Qualinesti einen Anlaß zu liefern, sich wie Kinder zu benehmen, und sie gaben sich alle Mühe.

Ausnahmsweise hatten die Qualinesti einen Teil ihrer Reserviertheit abgelegt, allerdings würden sie wohl nie an das Spektakel bei einem zwergischen Vollbarttag herankommen.

Wie Ailea dieses Fest gefallen hätte, dachte Flint traurig. Dann zwang er sich, seine Gedanken wieder auf jene eine Frage zu richten: »Wem hätte Ailea von ihrer Entdeckung erzählen können?« murmelte er, während er über seine Nachforschungen am Morgen nachdachte. »Die Nachbarin sagt, sie wäre den ganzen Morgen zu Hause gewesen, und die Frau hat niemanden außer mir und Tanis eintreten sehen. Aber Ailea muß mit jemandem gesprochen haben«, stellte er fest.

Der Geruch von Würstchen und heißem *Quith-Pa* stieg ihm in die Nase, und er stellte sich hinter vier Elfen an, die an einem Stand warteten. Der Zwerg murmelte weiter vor sich hin, was die Elfen nicht zu befremden schien.

Wenn sie nun etwas über Tyresian erfahren hatte – etwas, das Xenoth auch gewußt hatte? Der betagte Elfenlord war seit Hunderten von Jahren am Hof gewesen und hatte gewiß Zugang zu geheimem Wissen gehabt. »Tyresian hätte denselben Grund gehabt, Ailea zu töten, den er bei Lord Xenoth hatte«, murmelte er. Er wünschte, er könnte mit Tanis reden, doch der Halbelf war im Palast eingesperrt.

Er war an der Reihe, zahlte und ging fort, wobei er ein saftiges Stück von dem Wurstbrot abbiß. Aber der Appetit verging ihm, als ihm klar wurde, daß er jetzt zu Eld Aileas Haus zurückkehren und nach Spuren suchen mußte.

Minuten später stand er vor dem Haus der Hebamme. Die singenden, kostümierten Elfen, die um ihn herumhüpften, nahm er nicht mehr wahr. Eine Palastwache in schwarzer Uniform, die aussah, als wäre sie trotz ihrer ernsten Pflicht von der Karnevalsatmosphäre angesteckt, lehnte am Rahmen der Haustür. Der Elf blickte Flint scharf an, als der Zwerg den kleinen Weg verließ und zu dem Beet mit weißen Petunien ging, die die Hebamme vor das verschlossene Fenster zur Straße gepflanzt hatte. Keine der Pflanzen war zertreten, und als Flint die weißen Blüten beiseite bog, sah er auch keine Fußabdrücke in der schweren Erde. Das andere Fenster auf der Vorderseite gehörte zum ersten Stock. Um es zu erreichen, hätte ein Elf auf den Schultern eines anderen stehen müssen.

Plötzlich fiel Flint auf, wie absurd seine Suche war. »Als wenn jemand am hellichten Tag durchs Fenster steigen würde, wenn es direkt daneben eine offene Tür gibt«, sagte er gedämpft. »Flint, du Türknauf!«

Er stand auf und wischte zerdrückte Grashalme von seinen Knien. Die Wache, ein junger Mann mit scharfen Gesichtszügen, der nur wenig älter sein konnte als Gilthanas, beobachtete ihn immer noch. Flint fiel auf, daß die Wache ihn nicht angesprochen hatte. »War seit dem Mord irgend jemand in diesem Haus?« erkundigte sich der Zwerg.

Die Wache schüttelte den Kopf. »Die Stimme hat gesagt, daß niemand außer Euch es betreten oder sich nähern dürfte, Meister Feuerschmied.«

Flint dachte voller Wärme an den Elfenlord. »Sind noch andere Wachen da?« fragte er von den Petunien aus.

»An der Tür hinten ist noch eine. Drinnen ist niemand.«

Der Zwerg ging ums Haus herum und sah um die Ecke. Die Wache saß auf der Stufe zur Tür und aß eine Tomate – zweifellos aus Aileas Garten. Als er Flint sah, sprang der Elf auf. Der Zwerg sagte jedoch nichts. Schließlich konnte der Mann die Tür im Sitzen genausogut wie im Stehen bewachen, fand Flint, und Ailea hätte es sicher gefreut, wenn jemand die Früchte aus ihrem Garten aß, die sie selbst nicht mehr ernten konnte.

Flint ging ein paar Schritte zurück. Das Haus hatte nur die Breite eines Zimmers. Unten gab es nur den Empfangsraum und dahinter die Küche, die keine Fenster hatte, nur die kleine Tür zu Aileas Kräutergarten im Hof. Zwischen den beiden unteren Räumen lag der Kamin, den man sowohl von der Küche als auch vom Empfangszimmer aus benutzen konnte. Flint nahm an, daß oben Aileas Privatzimmer sein mußte, auch wenn er es nie gesehen hatte.

Die Wache sagte nichts, als der Zwerg um die Hauswand bog und zur Hoftür ging. Auch die war bestimmt unverschlossen gewesen, wie er Ailea kannte. Der Zwerg holte tief Luft und trat durch die Tür in die Küche.

Aileas Gegenwart war in der Küche immer noch deutlich zu spüren. Tonkrüge mit eingemachtem Gemüse und Trockenfrüchten standen in einem Schränkchen an der einen Seite des niedrigen Raums. Flint erinnerte sich, wie Tanis sich hatte ducken müssen, wenn er die Küche betrat, damit er nicht gegen die Bunde aus Schnittlauch, Salbei und Basilikum stieß, die von den niedrigen Deckenbalken hingen. Der Duft erinnerte den Zwerg sofort an Ailea, und er wurde wütend.

Entschlossen ging er durch die Küche, die ihn an die fröhlichen Mahlzeiten mit Tanis und der Hebamme erinnerte, und betrat das Empfangszimmer.

Das Zimmer war nicht gereinigt worden, nachdem man den Körper der Hebamme fortgebracht hatte. Der Blutfleck zog sich immer noch von der Tür zum Kamin. Überall lagen die Bilder von Babys herum. Der kleine Tisch jedoch war wieder aufgestellt worden, und darauf stand das Bild, das Ailea in der Hand hatte, als Tanis sie fand.

Flint trat über den bräunlichen Fleck und griff nach dem Porträt. Es zeigte zwei Kinder, ein Kleinkind und ein älteres, beide blond mit grünen Augen. Die Augen des älteren Kindes waren jedoch ernst und tiefliegend, während die des Kleinen offen und unternehmungslustig dreinschauten.

»Ich frage mich, wer sie sind«, murmelte Flint. Ailea hatte ihre Porträts nie beschriftet, weil sie auswendig wußte, wen sie zeigten, auch wenn Hunderte in dem Zimmer herumstanden. Er stellte das Bild wieder auf den Tisch.

Flint vermutete, daß er eine Spur auch dann nicht wahrnehmen würde, wenn sie ihm entgegenspringen und ihn mit dem Schwert angreifen würde. Sein Blick ging von Bild zu Bild durch den ganzen Raum. Er erinnerte sich, wie es hier ausgesehen hatte, als Ailea noch lebte, und suchte nach etwas, das nicht zu dem behaglichen Zimmer paßte. Schließlich schüttelte er müde den Kopf und ging die Steinstufen zum Obergeschoß hoch.

Wie bei den meisten Leuten war Aileas Schlafzimmer persönlicher eingerichtet als das Besucherzimmer. Es roch nach Lavendel, denn auf dem Frisiertisch der Hebamme, neben der Schildpattbürste und den silberverzierten Kämmen, die ihren

Zopf bei besonderen Gelegenheiten gehalten hatten, lagen duftende Lavendelbüschel, die von grauen Bändchen zusammengehalten wurden. Schwarze Eisenhaken, ein Geschenk von Flint, hielten die angekrausten Röcke in Lila, Rot, Grün und Hellgelb, von denen sie zahlreiche besessen hatte. Auf einem Tisch daneben lag ein neues, beigefarbenes Hemd, das dem grünen und dem blauen ähnelte, die sie bereits für Flint genäht hatte. Neben dem neuen Kleidungsstück lagen ein Strang braunes Stickgarn und eine Nadel.

In der Mitte des Raums stand ein großes Federbett mit lilagrüner Überdecke, während in einem Alkoven neben dem Kamin ein kleineres Lager eingerichtet war. Vor der Feuerstelle stand ein alter, hölzerner Schaukelstuhl, der zwar abgestoßen war und Kerben aufwies, aber trotzdem glänzend poliert war. Der Zwerg ging zu dem Alkoven und sah oben und unten an der Matratze Lampen stehen, Handtücher und Lappen auf einem Nachttisch. Ein Wiegenkorb hing von einem langen Eisenhaken herunter, der tief in die Decke gebohrt war. Flint wurde klar, daß dies der Alkoven war, in dem so viele Elfenfrauen zur Geburt gekommen waren.

Stunden später, als die Schatten des Spätnachmittags bereits länger wurden, hatte Flint Aileas private Aufzeichnungen durchgesehen. Er suchte nach Indizien, fühlte sich aber wie ein Dieb. Die meisten Pergamente bezogen sich auf Geburten oder auf Kräuterheilmittel, die bei bestimmten Leiden Erfolg gezeigt hatten. Die Durchsuchung der Kommode mit den acht Schubladen neben dem Federbett hatte, soweit er sehen konnte, nichts erbracht, was sich irgendwie mit dem Verbrechen in Verbindung bringen ließ.

Dann bemerkte Flint das Bild in dem hübschen Rahmen aus Gold und Silber, das auf der Kommode stand. Die Seiten des Rahmens waren glänzend abgerieben, als ob die Besitzerin oft hier gestanden und das Bild gehalten hätte. Er berührte es mit seinem dicken Finger. Die Farbe war verblichen und alt – älter als er selbst, das war offensichtlich. Es zeigte eine junge, zierliche Elfin mit grünbraunen, runden Augen und einem Katzengesicht neben einem älteren Menschenmann mit eckigem Gesicht und Kleidern, die ihn als Bauern auswiesen. Ein kleines, sauberes Haus mit weißen Petunien am Weg zum Eingang stand im Hintergrund. Die beiden Leute hielten sich an den Händen, und ihr Gesichtsausdruck verriet zugleich große Zufriedenheit und überwältigende Trauer.

Weil er sich plötzlich vorkam, als wenn er durch ein Fenster eine private Unterhaltung belauschte, stellte Flint das Bild wieder auf die Kommode und ging schnell zur Treppe zurück. Hier gab es nichts, das auch nur den kleinsten Hinweis auf eine Verbindung mit Lord Xenoth lieferte.

Während es draußen dämmerte, nahm Flint unten erneut das Porträt in die Hand, das Ailea bei ihrem Tod festgehalten hatte. Es war nicht Tanis' Abbild; das hatte der Zwerg oben auf dem Tisch neben ihrem Bett entdeckt. Mit dem gerahmten Bild der Elfenkinder in der Hand setzte sich Flint in den Polsterstuhl neben dem Kamin, weil er merkte, daß er von dem Anschlag auf ihn selbst immer noch etwas geschwächt war – natürlich nur ein wenig. Er legte die Beine auf einen Schemel und starrte abwechselnd auf das Porträt und auf das Spielzeugrotkehlchen, das er Ailea geschenkt hatte, während seine Gedanken umherschweiften.

Vor zwei Tagen war er abends nach Hause gekommen und hatte in seinem Spielzeugschrank nur noch die Soldaten vorgefunden. Mitten auf dem Tisch hatte ihm Fiona jedoch ein Stück Rosenquarz voller Fusseln hinterlassen, das mit etwas verschmiert war und verdächtig nach Traubengelee roch.

Was hatte das Kind gesagt? »Ailea war aufgeregt. Sie hat die ganze Zeit gesagt: »Die Narbe. Das ›T‹. Das Erbe«, murmelte er. »Das Erbe.«

Plötzlich sprang Flint mit einem so lauten »Reorx!« auf, daß beide Wachen an die Türen gerannt kamen. Was die Wachen sahen, war ein Zwerg, der ein Porträt an sich drückte und dabei jubelte: »Der Erbe, der Erbe, der Erbe!«

* * *

Die Wache vor Tanis' Zimmer war unnachgiebig. Niemand durfte den Halbelfen besuchen. Selbst die Wache sah Tanis nur, wenn der Küchenjunge ein Tablett mit Essen hineinstellte und das alte Tablett herausholte – und auch dann blieb der Halbelf meist im hinteren Teil des Zimmers unsichtbar.

»Wie soll ich Beweise sammeln, wenn ich nicht mit Tanis darüber sprechen kann?« fragte der Zwerg herrisch und wedelte mit dem Porträt vor dem Gesicht der Wache herum. »Na?«

Die Wache blieb unerschütterlich. »Die Stimme hat alle Besuche untersagt«, wiederholte der Elf.

»Er hat doch nicht gemeint, daß *ich* nicht rein darf, du Türknopf!«

Das Gesicht der Wache wurde noch sturer. »Dann rede mit der Stimme.«

»Das werde ich!« versprach Flint. »Und dann komme ich zurück!«

Aber vor dem Raum der Stimme im Turm hatte der Zwerg auch nicht mehr Glück.

»Er hat sich zurückgezogen«, erläuterte die Wache, »zum Meditieren und Beten. Gehört zum *Kentommen.* Absolut keine Besucher, außer wenn eine Staatskrise droht. Wenn man ihn jetzt unterbricht, könnte das bedeuten, daß das *Kentommen* abgebrochen werden muß.«

Der Zwerg warf das Porträt vor Wut auf den Boden. »Das hier ist eine Staatskrise! Ich stecke mitten in einer Krise, bei Reorx! Jetzt macht die Tür auf.« Drohend ging er auf die beiden Wachen zu ...

Und stand plötzlich vor zwei Kurzschwertern, die ihm die beiden grimmig aussehenden Palastwachen entgegen hielten. »Verzeihung, Meister Feuerschmied«, sagte die eine.

Voller Verzweiflung warf Flint die Hände hoch. »Was jetzt?« Er maschierte den Flur hinunter. »Ihr Elfen und eure Traditionen!« rief er nach hinten.

Er kehrte in den Palast zurück. Dort fand er ein Plätzchen auf der Treppe, wo er sich hinsetzte, um selbst ein wenig zu meditieren. Solostaran, der sich zur Zeit zurückgezogen hatte, war der einzige, der den Palastwachen befehlen konnte, ihn in Tanis' Zimmer zu lassen. Aber die Stimme war unerreichbar – außer wenn Qualinesti beispielsweise von Minotauren angegriffen würde oder so.

Porthios, der dem Zwerg wahrscheinlich sowieso nicht geholfen hätte, befand sich bewacht im Hain und durfte wohl höchstens wegen der Umwälzung gestört werden. Gilthanas hatte gelobt, Tanis in keiner Weise zu helfen, und Laurana hatte seit über einem Monat kein freundliches Wort mehr zu dem Halbelfen gesagt.

Flint seufzte. Was für eine großartige Auswahl an Helfern! Nicht zum ersten Mal fragte er sich, ob es Zeit war, an einen anderen Ort auf Ansalon zu ziehen, irgendwo, wo das Bier nicht wie Regenwasser schmeckte und der Wein einen Zwerg nicht nach Blüten duften ließ.

Ein Ort wie Solace vielleicht.

Der Zwerg verwarf diesen Gedanken jedoch und ging noch einmal seine Kandidaten durch. Wenn Gilthanas den Zwerg überhaupt bis zu Ende anhören würde, dann würde die frischgebackene Wache höchstwahrscheinlich einen Alarm auslösen, der den Mörder bis zum nächsten Mal abschrecken würde – ganz sicher bis nach Tanis' Verbannung. Was dem Halbelfen überhaupt nichts helfen würde.

Damit blieb …

* * *

»Laurana, ich muß mit dir reden«, sagte Flint durch die verschlossene Tür.

»Geh weg, Meister Feuerschmied«, kam die mürrische Antwort.

»Es geht um Tanis.«

Pause. Dann hörte er dieselbe, etwas weniger schlecht gelaunte Stimme sagen: »Ich will nichts von Tanis hören.«

»Schön«, polterte Flint. »Dann laß ich ihn einfach sterben, ohne ein letztes Mal mit dir gesprochen zu haben. Ich sag dir Bescheid, wann die Beerdigung ist. Falls du kommen willst.« Er stampfte erst laut, dann immer leiser über den Marmorboden.

Die Tür wurde aufgerissen. »Flint, warte!« rief Laurana und sprang an dem Zwerg vorbei auf den Flur.

»Ich dachte mir doch, daß das helfen würde«, feixte Flint und stapfte in Lauranas Zimmer.

Die Elfin fuhr herum und sah den Zwerg an. Dann ging sie zurück in das kleine Wohnzimmer, das zu ihrem Privatquartier im Palast gehörte. Es war mit einem Kamin, einem kleinen Tisch und zwei einfachen Stühlen am Feuer ausgestattet. Auf dem einen hatte es sich Flint bereits bequem gemacht. Beim Eintreten knallte sie die Tür zu.

Ihr Stirnrunzeln wich allmählich Verwirrung, als Flint ihr erzählte, was er herausgefunden hatte, und damit schloß: »Dann kam ich auf das Wort ›Erbe‹!«

Aber die Prinzessin reagierte immer noch verständnislos: »Erbe?«

»Der Erbe«, drängte Flint. »Das hat Ailea gemeint. Sie hatte das Porträt von Gilthanas und Porthios in der Hand. Der Mörder, der Lord Xenoth und Eld Ailea getötet hat, will den Erben der Stimme, Porthios, umbringen.«

Falls er auf eine große Reaktion gehofft hatte, wurde Flint enttäuscht. Laurana saß einfach da und strich den blaßgelben Umhang glatt, den sie übergeworfen hatte.

»Aber wir sind alle Erben«, wandte sie ein. »Ich, Gilthanas und Porthios. Welchen?«

Flint setzte sich zurück. Er hatte die ganze Zeit nur an Porthios gedacht. Warum nicht auch Gilthanas und Laurana? Jemand, der dem Amt der Stimme in der Erbfolge näher kommen wollte, würde auch sie ausschalten müssen. Es fehlten noch Puzzleteile, aber Flint hatte immer noch einen Tag Zeit, die Morde aufzuklären, bevor die Stimme ihr Verbannungsurteil für Tanis wiederholen würde.

Dann kam ihm eine neue Idee. »Wann könnte man Porthios besser umbringen, als bei seinem *Kentommen*?« fragte er.

»Wann gäbe es einen besseren Zeitpunkt, uns alle umzubringen?« fragte Laurana sachlich. »Wir werden alle gleichzeitig im Turm beisammen sein. Aber warum, Flint? Und überhaupt, da kann man keinen Elfen verdächtigen. Wir tun so etwas nicht.« Sie wandte sich von ihm ab und blickte ins Feuer.

Flint saß kurz da und betrachtete die Silhouette der Prinzessin. »Ach, Mädchen, du hast so wenig Ahnung von der Welt.«

Sie hatte immer noch Einwände, stand auf und lief vor Aufregung vor dem Kamin auf und ab. »Du willst, daß ich an der Wache vorbeischleiche, um mit meinem Vater zu reden. Aber deine Beweise reichen nicht aus, um zu rechtfertigen, daß ich die Stimme unterbreche und das *Kentommen* abgesagt wird«, sagte sie erregt. »Dein einziger Beweis ist deine Vermutung darüber, was Eld Ailea kurz vor ihrem Tod gedacht hat.«

»Aber begreifst du denn nicht?« donnerte er. »›Erbe‹! Und sie hielt das Bild der Erben in der Hand!«

»Wenn ich den Wachen befehle, dich einzulassen, und sich dann herausstellt, daß das alles weiter nichts als Hirngespinste einer alten Hebamme waren, dann wird mein Vater …« Ihre Stimme brach ab, sie wurde blaß. »Aber wenn ich es nicht tue, und es geschieht wirklich etwas Schlimmes …« Sie plumpste auf den Stuhl. »Ich bin zu jung für solche Entscheidungen!« jammerte sie.

Flint sah sie an und stellte fest, daß er den Anfang ihrer Wandlung vom verwöhnten kleinen Mädchen in eine starke

Elfenfrau mitbekam – wenn sie es nur zeigen würde. Sie sprang auf und lief wieder auf und ab.

»Warum, Flint?« fragte sie. »Warum sollte jemand die Erben der Stimme töten wollen? Nicht, daß ich dir auch nur im geringsten glauben würde«, fügte sie eilig hinzu.

»Habgier«, schlug Flint vor. »Rache. Wahnsinn. Unerwiderte Liebe. So etwas kommt nicht über Nacht, weißt du. Ich gehe davon aus, daß der Mörder seit Jahren darauf hinarbeitet.«

»Ja, dann ...« Laurana schwieg wieder. »Dann ist er aber wahrscheinlich jemand, den wir kennen.«

»Ja, natürlich«, fauchte Flint. »Was hast denn du gedacht?«

Sie funkelten einander einen langen Augenblick an, bis Laurana den Blick abwandte und leise sagte: »Tanis hilft es gar nichts, wenn wir uns streiten.«

Flint grunzte. Dann fragte er beherrschter: »Wie nah steht Tyresian der Erbfolge?«

»Zur Stimme?« Laurana war überrascht. »Er ist aus dem Dritten Haus. Wir sind aus dem Ersten.«

»Dann blieben nur die Mitglieder des Zweiten Hauses?«

Laurana nickte abwesend. Flint bohrte weiter. »Wie hoch steht Tyresian in der Erbfolge, wenn er dich nicht heiratet?«

»Ach, so an zwölfter oder dreizehnter Stelle«, erwiderte sie und kniff die Augen zusammen. »Du glaubst doch nicht im Ernst, daß Tyresian ... Aber er gehört doch zum Adel!«

Flint befand, daß Laurana noch viel über das Leben zu lernen hatte. »Wie sicher ist Porthios?« fragte er.

Laurana sah ihn wieder an. »Es stehen über ein Dutzend Wachen um den Wald. Sie können Porthios nicht sehen, aber sie würden es hören, wenn er riefe. Ich glaube nicht, daß irgend jemand zwischen ihnen hindurchschlüpfen könnte.«

Flint stand auf und schlenderte durch das Vorzimmer. Auf dem Fensterbrett stand Lauranas Sammlung ausgefallener Drachenfigürchen. Er nahm einen goldenen in die Hand und untersuchte ihn. »Und Gilthanas ist heute nacht bei seinem Regiment? Da ist er wenigstens sicher.«

»Aber nein, Flint«, widersprach Laurana. »Gilthanas steht heute die ganze Nacht Wache am *Kentommenai-Kath.*«

Der Begriff klang bekannt, aber Flint hatte in den letzten paar Tagen einen Haufen neuer Elfenwörter gelernt. »Am *Kentommenai-Kath*?«

»Der Platz mit dem Blick auf den Fluß der Hoffnung, westlich von Qualinost«, erklärte sie.

Flint erinnerte sich. Das war der Ort, wo er mit Tanis gepicknickt hatte und fast abgestürzt wäre. »Aber Gilthanas hat bestimmt eine Wache dabei«, sagte er, während er ein Bein des Figürchens verbog. Die Weichheit des Metalls ließ auf reines Gold schließen. Laurana nahm ihm den kleinen Drachen freundlich weg, bog das Bein wieder gerade und stellte die Figur zurück auf das Fensterbrett.

»Gilthanas bekommt eine Eskorte von Qualinost zum *Kentommenai-Kath*«, erläuterte sie, während sie sich wieder setzte. »Dann lassen ihn die Wachen dort, und er bleibt bis Sonnenaufgang allein. Anschließend kehrt er allein nach Qualinost zum Schlußteil des *Kentommen* zurück.«

Flint fühlte eine eisige Hand seinen Rücken hochkriechen. »Er ist allein?«

Lauranas ohnehin schon fahles Gesicht wurde noch blasser. Als ihre Antwort schließlich kam, war es keine Frage: »Er ist in Gefahr, nicht wahr.«

Flint winkte ab, damit sie schwieg, und lehnte sich mit beiden Armen gegen den Kamin. Er starrte in die Flammen. Schließlich drehte er sich um und beugte sich zu Laurana vor.

»Laurana«, sagte Flint, »vertraust du mir?«

Nach einer Pause nickte sie. Ihr Haar glitzerte im Feuerschein.

»Dann hör zu«, sagte er. »Ich habe einen Plan.«

Kapitel 12

Der Trick

Zwei Stunden vor Mitternacht tauchte im Korridor vor Tanis' Tür eine goldhaarige Gestalt in einem wasserblauen, von Silberfäden durchwirkten Kleid auf und warf der Wache ein bezauberndes Lächeln zu.

»Hallo«, sagte sie, um dann anmutig zu zögern. Diese Bewegung hatte sie in der letzten Stunde vor dem Spiegel in ihrem Zimmer eingeübt.

Der Wächter wurde rot. Lauralanthalasa wußte, daß er sie schon von weitem gesehen hatte, aber er war der Tochter der Stimme noch nie so nah gewesen.

»Oh«, sagte er. »Hallo.«

Sie lächelte wieder. »Solltest du nicht sagen: ›Wer da?‹« fragte sie leichthin.

Der honigblonde Elf in Gilthanas' Alter schluckte und grinste schief. »Aber ... ich weiß, wer du bist«, flüsterte er. »Äh – wozu also fragen?«

»Oh.« Laurana senkte die Lider und warf ihm dann einen Seitenblick zu. »Das ist sehr klug.«

Ihre Stimme verriet Bewunderung. »Das kauft mir die Wache nie ab«, hatte sie erst vor einer Stunde in ihrem Zimmer protestiert. »Was glaubst du, wie blöd die Palastwachen sind?«

Aber der Zwerg hatte darauf bestanden und nur erklärt: »Vertrau mir. Ich habe gesehen, wie dir die jungen Elfen nachgucken.« Sie war errötet. Flint war fortgefahren: »Damit schmeißt du die Wachen aus ihren Galaschuhen.«

»Ach, Flint, das ist doch lächerlich«, hatte sie gefaucht.

Aber jetzt war sie sich nicht mehr so sicher. Die Wache sah aus, als hätte sie wirklich weiche Knie. Während sie seine Reaktion einer leichten Verdauungsstörung nach zu reichlichem *Kentommen*-Essen zuschrieb, sagte sie zuckersüß: »Ich möchte bitte Tanis sehen.« Sie sah züchtig zur Seite. (»Flint, das schluckt er *nie*!« hatte sie geschimpft. »Vertrau mir«, hatte der Zwerg wiederholt.)

Plötzlich wirkte die Wache zerknirscht. »Ich darf niemand einlassen.«

Lauranas Gesicht nahm einen enttäuschten Ausdruck an. »Nicht einmal mich?« flüsterte sie. »Es ist doch so, so wichtig.« Sie hoffte, daß in ihren Augen die Tränen standen, die Flint für unerläßlich gehalten hatte.

Jetzt kam der gefährliche Moment. Sie griff geschwind nach vorn, zog der Wache den großen Schlüsselring aus der Vordertasche und steckte den Schlüssel sofort ins Schloß. »Oh, ich bin sicher, daß es nichts macht«, sagte sie. »Da ...«

Aber die Wache war gut geschult. Der Elf griff sanft, aber fest nach ihren Handgelenken und schob sie rückwärts von der

Tür weg. »Tut mir leid, Prinzessin, aber ich habe meine Befehle.« Er klang ernstlich betrübt, was Laurana überraschte.

Sie machte mehrere zögernde Schritte zurück, um ihn weiter von Tanis' Tür wegzulocken. »Ach, ich hatte gehofft ...« Sie sprach leiser und dachte fest an die Lieblingskatze, die ihr gestorben war, als sie noch ein kleines Mädchen war. Dankbar merkte sie, wie ihr endlich Tränen in die Augen stiegen. Sie zwinkerte, und eine Riesenträne rollte ihr über die Wange.

Der Wächter, der sich offenbar wie ein Mistkerl vorkam, ließ ihre Handgelenke los und sah zu, wie sie sehr weiblich davontrippelte und ihre Augen mit einem Taschentuch betupfte. Gerade als er zu seinem Posten an der Tür zurückkehren wollte, stolperte sie und schrie auf. (»Nicht so laut, daß jemand anderes herauskommt!« hatte Flint gemahnt. »Nur laut genug für die Wache und um ein bißchen Lärm zu machen.«)

In Sekundenschnelle war die junge Wache an ihrer Seite und legte ihr stützend den Arm um die Taille. »Was ist passiert?« fragte der Elf.

»Ach, mein Knöchel«, wimmerte sie, wobei sie sich idiotisch vorkam. »Das sind diese Schuhe.« (»Flint«, hatte sie protestiert. »Solche Schuhe habe ich schon jahrelang nicht mehr getragen!« – »Dann kannst du also um so leichter umknicken«, hatte er entgegnet.) Wieder wimmerte sie.

Hinter der Wache huschte eine kleine Gestalt mit einer Strickleiter und einem Ledersack über der Schulter um die Ecke, drehte den Schlüssel zu Tanis' Tür um und schlüpfte hinein. Den Schlüssel ließ Flint stecken. Die Tür würde jetzt unverschlossen sein, erkannte Laurana und hoffte, die Wache würde sie nicht überprüfen, wenn sie den Schlüsselring wieder in die Tasche steckte.

Laurana versicherte der Wache, sie würde es bis zu ihrem Zimmer schaffen, dankte dem Elfen ausgiebig für seine Hilfe und ging dann langsam den Gang hinunter zu ihrem Zimmer, wobei sie sich beständig daran erinnerte, daß sie hinken mußte.

Kapitel 13

Flucht in die Gefahr

Tanis hatte Lauranas Wortwechsel mit der Wache offenbar mitangehört. Er stand erwartungsvoll an der Seite, als Flint in den Raum schlüpfte.

Der Zwerg händigte dem Halbelfen sein Schwert und die Scheide aus, die er ihm übergeben hatte, als die Palastwachen ihn abführten. Dann ging Flint wortlos, mit dem Finger an den Lippen, zum Fenster und spähte über den Rand. Die Wand draußen führte ohne Unterbrechung zwanzig Fuß tief in den Hof.

»Was machst du da?« fragte Tanis flüsternd.

Flint wies den Halbelfen erneut an zu schweigen, wickelte die Eisenhaken am Ende der Strickleiter aus und legte sie über das Fensterbrett. Wieder blickte er in den Hof. Er war immer noch verlassen. Die meisten Bewohner des Palastes feierten in den Straßen von Qualinost. Jubelklänge kamen hier oben an.

Zufrieden ließ der Zwerg die Leiter nach unten. Dann vergewisserte er sich, daß der dicke Sack sicher über seiner Schulter hing, schwang seinen untersetzten Körper durch das Fenster und trat auf die Leiter. Dabei hielt er kurz an, um Tanis zuzuwinken, damit er nachkam. Flint schloß die Augen, bis der leichte Schwindelanfall vorbei war.

Aber der Halbelf sträubte sich. »Weißt du, welche Strafe darauf steht, sich einem Arrestbefehl zu widersetzen?« fragte er.

Der Zwerg schlug wieder die Augen auf und zog die buschigen Augenbrauen hoch.

»Verbannung!« flüsterte Tanis.

Flint lehnte sich ins Fenster zurück und brachte seinen Mund an Tanis' Ohr. »Was hast du also zu verlieren?« fragte der Zwerg gedämpft. »Außerdem kommst du ja zurück.«

Kurz darauf stieg Tanis von der Leiter hinunter in den Hof und sah zu, wie Flint an einem Seil zog, das die Leiter von den Eisenklammern löste, die immer noch am Fensterbrett hingen. »Eigene Erfindung«, erklärte der Zwerg gelassen, während er den Halbelfen hinter einen Birnbaum schob. Flint wühlte in dem Ledersack herum und zog eine Maske heraus, die dem Kopf eines Gossenzwergs ähnelte. Er wies den Halbelfen an, sie sich über den Kopf zu ziehen.

Tanis' runde Augen weiteten sich. »Ich soll mich wie ein Gossenzwerg anziehen?«

»Nur ein Kostüm«, flüsterte der Zwerg. »Damit du unerkannt vom Palast zur Westbrücke kommst.«

»Ein sechs Fuß großer Gossenzwerg?« zischte Tanis.

Flint brachte seinen Freund zum Schweigen. »Das war das letzte, das der Verkäufer noch hatte. Du solltest froh sein, daß ich die nachgemachte Rattenleiche weggeschmissen habe, die noch dazugehörte.«

»Aber ...«

Flint überging ihn. »Laurana sagt, daß die Elfen bis Mitternacht verkleidet sein werden. Dann endet das Fest, und sie benehmen sich wieder normal. Also haben wir eine Stunde Zeit, um aus Qualinost herauszukommen.«

Tanis hielt die Gossenzwergmaske immer noch in der Hand und betrachtete ihre olivgrüne Haut, den verfilzten Bart und den blöden Ausdruck. Auf seinem eigenen Gesicht malte sich Ärger. »Wenn du glaubst, ich würde fliehen, dann kennst du mich schlecht«, sagte er ohne jeden Versuch, seine Stimme zu senken. Er wandte sich ab, als wenn er die Maske wegwerfen wollte.

Flint hielt ihn am Arm fest. »Vertrau mir!« schimpfte er – zum tausendsten Mal, dachte er. Der Ärger in den Augen des Halbelfen wurde zu Unentschlossenheit. »Vertrau mir«, flüsterte Flint wieder.

Endlich setzte Tanis die Maske doch auf. »Ich komme mir lächerlich vor«, kamen seine Worte gedämpft hinter der Maske hervor.

»Dabei siehst du so hübsch aus«, sagte Flint. »Komm jetzt.«

Sie liefen durch den Hof und die Gärten und dann vor dem Palast auf die Straßen, wo sie sich unter die feiernden Elfen mischten. »Ja, schlafen die denn nie?« fragte Flint gereizt, als ihn bereits der dritte Elf anrempelte.

»Nur sehr wenig, bis das *Kentommen* vorbei ist.« Tanis' Stimme klang unter der Maske hohl.

Flint hielt sich an den Straßenrand und schob sich an den Hauswänden entlang, um nicht von den Feiernden angerempelt zu werden.

Eine halbe Stunde später kamen sie unter dem geschwungenen Bogen durch, der den Westrand der Stadt umspannte, und wandten sich nach Süden zu der Brücke über den Fluß der Hoffnung. Die gepflasterte Straße wurde schmaler, und von beiden Seiten hingen Zweige auf den Weg. Um sie herum tanzten immer weniger Elfen, bis Flint und Tanis sich fast allein durch die Nacht bewegten. Tanis wollte die Maske absetzen.

»Warte lieber, bis wir über die Brücke sind, Junge«, sagte Flint. Beim Gedanken daran, die Brücke im Dunkeln zu überqueren, während tief unter ihm der Fluß der Hoffnung durch die Schlucht toste, wurde ihm ganz anders. Er bekämpfte das Gefühl, während er Tanis rasch erklärte, was der Zwerg in den letzten zwei Tagen erfahren – oder, besser gesagt, herausgeknobelt – hatte.

»Du glaubst also, daß jemand Gilthanas während seiner Wache am *Kentommenai-Kath* angreifen könnte?« fragte Tanis.

»Es ist möglich«, sagte Flint. »Und im Moment können wir uns nur an Möglichkeiten halten.«

Nach zwei Tagen *Kentommen* waren die Wachen auf der Brücke offenbar schon an kostümierte und maskierte Leute gewöhnt. Sie sahen nur zu, als der Zwerg und ein übergroßer Gossenzwerg auf die Brücke traten. Flint faßte Tanis am Arm – natürlich nur, um den Halbelfen zu stützen.

Dann hörten sie plötzlich Hufgeklapper hinter sich, und ein vertrautes Wiehern ertönte durch die Nachtluft. Flint fuhr herum: »Windsbraut!«

Hinter ihm in der Dunkelheit, die den Anfang der Brücke überdeckte, hielt eine der Wachen das Tier am Zügel fest. »Flint«, rief die Wache, deren Stimme im Abgrund widerhallte, »deine Freundin sucht dich.«

Flint war unsicher, was er tun sollte. Wenn er das Tier nach Hause brachte, würde Tanis sich dem Mörder allein stellen müssen. Wenn er es mitnahm, würde es sie durch sein teuflisches Schreien verraten. Schließlich winkte er, und die Wache ließ das Maultier los, das auf den Zwerg zuschoß.

Während er Windsbrauts zärtliches Schnuppern abwehrte, zog Flint die Strickleiter heraus, die er immer noch mitschleppte, und machte das Seil los, mit dem er die Strickleiter von der Fensterkante gelöst hatte. Er knotete das Seil an das

Halfter des Maultiers und band das andere Ende an eine Espe am Westende der Brücke. Tanis versteckte die Maske im Gebüsch. Als Flint und Tanis den Weg hochkletterten, hallten Windsbrauts Schreie von den Felsen wider.

Die Nacht war pechschwarz; am Himmel stand kein Mond. Flint konnte den feuchten Geruch des Mooses riechen und hörte Tanis neben sich schwer atmen. Der Tag, an dem sie am *Kentommenai-Kath* Rast gemacht hatten, schien Ewigkeiten her zu sein. Damals hatten Xenoth und Ailea noch gelebt.

Zum Glück können Elfen – auch Halbelfen – im Dunkeln relativ gut sehen, und Zwerge haben in den Generationen der Arbeit in den schlecht beleuchteten, unterirdischen Minen gute Augen entwickelt. Daher kam das Paar auf seinem Weg zum Rand der Schlucht relativ gut voran.

»Wenn Gilthanas und seine Begleiter nicht gerannt sind, müßten wir sie bald einholen«, flüsterte Tanis einmal, als sie auf einem Stück Wiese Pause machten. Flint wandte den Blick von dem steilen Abgrund rechts neben sich ab und nickte zustimmend. Sie marschierten weiter.

Der Pfad begann sich nach oben zu schlängeln. Hier und da sah Flint verkrüppelte Bäume und Granitbrocken. Sie erreichten eine Gabelung. Der Weg wurde steiler, und bald kamen Tanis und der Zwerg ins Keuchen.

Da hörten sie vor sich Schritte und duckten sich hinter einen Felsen. Flint spähte um die Ecke, als zwei Gestalten auf dem Rückweg nach Qualinost vorbeikamen. »Gilthanas' Eskorte«, flüsterte Tanis, als sie außer Hörweite waren. Zwerg und Halbelf strengten sich noch mehr an, denn jetzt war Gilthanas ohne Schutz.

Schließlich wurden die Bäume lichter, und der Boden war von mehr Granitbrocken bedeckt. Flint wußte, daß die Felsenklippe nah war.

»Horch!« flüsterte Tanis.

In der Ferne ertönte ein klarer Tenor. Die Worte des Liedes waren fast so alt wie die Felsen zu beiden Seiten des Weges.

»Gilthanas' Wachlied«, erklärte der Halbelf »Er bittet die Geister der Bäume und der Erbe, Porthios zu beschützen und ihn alle Tage zu leiten. Darum muß Gilthanas für seine Wache unbewaffnet sein. Das zeigt den Waldgeistern, daß er ihnen vertraut.«

Das Echo des Lieds kam aus der Schlucht zurück und ließ den Zwerg erschauern.

»Mein Vollbarttag war nichts dagegen«, hauchte er. »Und Reorx sei Dank dafür.«

Sie gingen weiter, waren jetzt jedoch vorsichtiger, weil sie sich dem *Kentommenai-Kath* näherten. Denn sie wollten ja nicht nur, daß Gilthanas sie nicht sah, sondern sie waren noch weniger darauf aus, sich dem Mörder zu zeigen, der hinter jedem Felsen oder Baum lauern konnte. Flint merkte, daß sich seine Nackenhaare sträubten, und legte zur Sicherheit eine Hand auf den Hammer, der in seinem Gürtel steckte.

Schließlich erreichten sie den *Kentommenai-Kath.* Flint faßte den Halbelfen an der Schulter, und die beiden warteten, während Gilthanas an den Granitplatten hin und her ging, die den Rand anzeigten. Tanis zeigte mit der Hand nach rechts, und Flint nickte. Vorsichtig umrundeten die beiden den Platz, wobei sie hinter den Felsen Deckung suchen und vielleicht zweihundert Meter um die Klippe herumkrochen, wo Gilthanas immer noch stand und sang. Sie kamen am letzten Baum vorbei und traten kurz ins Freie, um sich dann schnell hinter einer umgekippte Granitplatte zu ducken.

Flint spähte um die Platte. Gilthanas stand in seiner einfachen grauen Robe mit hochgezogener Kapuze am Rand der Klippe, starrte in den schwarzen Abgrund und sang ein Klagelied, das Tonsprünge enthielt, die in der Musik der Menschen und Zwerge unbekannt waren.

»Worauf warten wir eigentlich?« wisperte Flint rauh, doch Tanis schüttelte den Kopf.

»Ich weiß nicht recht. Vielleicht sollten wir lieber näher ran gehen.«

Flint nickte zustimmend. Tanis zog sein Messer aus dem Gürtel, und der Zwerg tat dasselbe, als sie sich einen Weg durch das Gewirr von Felsen suchten. Die ganze Zeit ertönte im Hintergrund Gilthanas' Gesang.

»Ich hab ein komisches Gefühl, Tanis« beschwerte sich Flint leise. »Es kommt mir irgendwie so vor, als wenn wir nur darauf warten, daß etwas schief –«

Unter dem Zwerg tat sich die Erde auf.

* * *

Ein Scharren, als ob etwas an Steinen entlang schleift, und ein erstickter Fluch unterbrachen Flints Worte. Tanis fuhr herum und verrenkte sich den Kopf.

»Flint!« flüsterte Tanis, so laut er es wagte. Er hockte sich hin, um ganz sicher außer Sicht von Gilthanas zu sein. »Flint!«

Keine Antwort, nur Gilthanas' unbeirrter Tenor.

Tanis verfluchte sich. Warum hatte er nicht besser aufgepaßt? Er schüttelte den Kopf. Aber der Zwerg war direkt hinter ihm gewesen. Wo konnte er hin sein?

Ein Schatten zwischen den Steinen – oder eher ein dunklerer Fleck, der schwärzer war als die übrige Dunkelheit – fiel Tanis auf, und er kroch näher, um sich das anzusehen. Als er näher kam, wehte ihm ein muffiger Luftschwall entgegen, und er sah, daß der Fleck gar kein Schatten war. Es war eine Felsspalte, genau hinter einem Stein.

Tanis war darüber gestiegen, ohne sie auch nur zu bemerken. Aber Flint mit seinen kurzen Beinen und seinen kürzeren Schritten …

Oh, Götter, nein, sagte Tanis sich und warf sich auf den Boden, um in die Spalte zu schauen. »Flint!« flüsterte Tanis in die

Finsternis, aber der Schatten verschluckte seine Worte. Keine Antwort.

Die Öffnung war gerade groß genug für den Zwerg – wenn auch knapp. Tanis versuchte verzweifeld nachzudenken. Der Zwerg konnte da unten verletzt liegen – oder Schlimmeres.

»Flint!« versuchte er es noch einmal, aber immer noch keine Antwort. Tanis war mutterseelenallein.

In diesem Augenblick unterbrach Gilthanas hinter ihm sein Lied mit einem Schrei, und der Halbelf sprang auf.

»Du darfst nicht hier sein!« rief Gilthanas. »Das *Kentommen* untersagt ...«

Tanis sah zu der Spalte zurück, die Flint verschluckt hatte. Dann sprang er, so schnell er konnte, von Stein zu Stein und zog dabei sein Schwert.

Eine Gestalt, die auch für Tanis' empfindliche Augen kaum zu erkennen war, stand vor Gilthanas. Sie kam näher.

»Wer bist du?« schrie Gilthanas, während er zurückwich. Der Klippenrand gähnte gefährlich nah bei seinen Füßen.

Die Gestalt kam wortlos näher. Gilthanas sah nach rechts und links, aber der Fremde versperrte den einzigen Fluchtweg. »Wer bist du?«

Tanis kam so nah, wie es ihm unter Deckung möglich war, doch dann sah er, wie die Gestalt sich anscheinend zu einem Sprung anschickte. Der Halbelf sprang hinter dem Granitblock hervor und brüllte: »Gilthanas!«

Sein Cousin drehte sich um. Im gleichen Moment machte die verhüllte Gestalt einen Scheinangriff auf ihn. Mit einem Schrei stürzte der blonde Jüngling die Klippe hinunter. Ein zweiter Schrei brach abrupt ab.

Der Mörder rannte in den Wald, und Tanis zögerte, weil er nicht wußte, ob er ihm folgen sollte oder zu der Stelle laufen sollte, wo Gilthanas verschwunden war. Aber Tanis war sich sicher, daß der Abgrund seinen Cousin verschlungen hatte. Der Halbelf setzte dem Täter in den Wald nach.

Er war erst zehn oder zwanzig Schritte weit gekommen, als sich das Unterholz um ihn schloß. Es gab keinen Weg – wohin war dann die Gestalt verschwunden? Tanis verfluchte die Schlingpflanzen, in denen sich seine Klinge verfing, und spähte in die Dunkelheit. Er lauschte mit angehaltenem Atem, hörte aber kein leises Atmen seines Gegners.

Tanis ging zu der Granitplatte zurück, von der sein Cousin abgestürzt war. »Gilthanas!« schrie er ohne viel Hoffnung in die Tiefe. Dann noch einmal »Flint!«, nur sicherheitshalber.

Er bekam eine Antwort, aber nicht die erhoffte.

Hinter Tanis stand plötzlich eine Gestalt, die ihn mit kräftigen Händen ins Kreuz stieß.

Im Fallen hörte der Halbelf die Worte: »Verzeih mir, Tanis.«

Kapitel 14

»In Schatten fiel das alte Reich«

Flint rutschte mit halsbrecherischer Geschwindigkeit einen engen Steinschacht hinunter. Verzweifelt versuchte er, sich mit den Händen festzuhalten oder mit den Stiefeln irgendwo zu bremsen. Es mußte doch ein Felsnase oder einen Sims geben, wonach er greifen und seinen Fall verlangsamen konnte. Aber der kalte Stein des Kamins war wie Glas, vom Regenwasser der Jahrhunderte blank gewaschen. Flint rutschte weiter in die Dunkelheit. Der Kamin bog nach rechts ab.

Er fragte sich gerade, wo seine dunkle Fahrt enden würde – plötzlich und unangenehm zweifellos, wenn der Spalt auf einmal an eine Steinwand stieß –, als er merkte, daß es weniger steil wurde. Der Schacht lief sanft aus.

Als er endlich am Ende ankam, war die Spalte fast eben, und Flints Rutschpartie war langsam geworden. Einen Moment lang war er ringsum vom Stein des Schachts umgeben, im nächsten war da nur noch dunkle, feuchtkalte Luft.

»Reorx!« fluchte Flint, als er im Leeren herumruderte und dann platschend in eiskaltes Wasser fiel. Die Strickleiter, die er während des Falls nutzloserweise festgehalten hatte, landete neben ihm.

Der Zwerg schlug spuckend um sich und prustete in dem metallisch schmeckenden Wasser herum – bis er erkannte, daß er irgendwie nicht tiefer in das eisige Naß eintauchte. Erst da merkte Flint, daß er auf Händen und Knien hockte und daß das Wasser ihm nur bis zum halben Unterarm reichte. Wenn er nicht so um sich geschlagen hätte, wäre er wahrscheinlich gar nicht besonders naß geworden.

Das alles – dazu hatte der Sturz noch seine Schulterwunde wieder aufgerissen – machte ihm nicht gerade gute Laune.

»Bei Reorx' Schmiede!« stammelte er, während er sich aus dem flachen Wasser zog. Doch er bereute seine Worte auf der Stelle. Sie hallten in der Finsternis um ihn herum nach, als wenn er sich in einer riesigen Höhle befände. Flint hatte den beunruhigenden Eindruck, daß die Schwärze wütend aufwirbelte, als wollte sie ihre Stille nicht durch seine Worte stören lassen. Der Zwerg fühlte einen Schauer über seine Haut laufen – eindeutig vom kalten Wasser, versicherte er sich, auch wenn er fürs erste den Rest seiner Beschwerden für sich behielt.

Flint setzte sich kurz auf den kalten Boden und versuchte zitternd, in der Dunkelheit wieder zu Atem zu kommen. Er sah sich um, konnte aber nirgends Licht entdecken – wenig überraschend mitten in der Nacht im Inneren einer Schlucht, fand er. Der Sturz konnte kurz gewesen sein oder die halbe Schlucht runter; das konnte er nicht feststellen. Sein Herz setzte fast aus, als er an Tanis da oben dachte. Flint schüttelte den Kopf. Jetzt konnte er Tanis nur durch ein kurzes Gebet zu Reorx helfen und versuchen, einen Weg nach draußen zu finden, wo auch immer er gelandet war.

Flint spähte in die Finsternis um sich herum. Zwerge haben eine besondere Sehfähigkeit, durch die sie fähig sind, Wärme wahrzunehmen, die von etwas ausgeht – was Flint in der kalten Schwärze hier unten kein bißchen weiterhalf.

Aber auf einmal sah er doch etwas – etwas, das wie zwei blasse Kreise aussah, die nebeneinander schwammen, und zwar dort, wo er den kleinen Teich wußte. Die Kreise waren so matt, daß er sie kaum sehen konnte, und leuchteten in einem kränklichen Grün. Dann bemerkte er ein weiteres Paar kleiner Kreise und noch eins, das langsam vor ihm her trieb.

Flint klopfte die Taschen seines Lederwamses und seiner Hosen ab, bis er gefunden hatte, was er suchte – Flint und Stahl, Zunder und einen Kerzenstummel. Zum Glück waren die Sachen in geöltes Leder eingewickelt gewesen, so daß sie noch trocken waren. Kurz darauf hatte Flint einen Funken geschlagen. Ein Flämmchen leuchtete auf.

Im flackernden Licht sah Flint, wie sich vor ihm die dunkle Wasserfläche wie polierter Onyx erstreckte. Der Zwerg erschauerte, als er die Quelle des seltsam blassen Lichts sah: Fische, die in dem eiskalten Teich schwammen. Die Fische waren blasse, schwächliche Geschöpfe von der Länge seines Unterarms, mit gewölbten Augen, so groß wie Untertassen. Ihre Augen hatten das kränkliche Licht ausgestrahlt. Das Licht seiner Kerze schien sie zu stören, denn sie schwammen still davon, auf der Suche nach der Finsternis, die sie seit Äonen ungestört bewohnten.

»Bei den Göttern, was ist das für ein Ort?« murmelte Flint in sich hinein. Er hob die Kerze in die Höhe und sah sich um. Der Boden war aus grauem Stein – Kalkstein wahrscheinlich, überlegte er, der unter der oberen Granitschicht lag – und die Wände aus dem gleichen Material. Aber der Stein wirkte zu glatt und zu eben, um natürlichen Ursprungs zu sein. Hohe Zapfen erhoben sich wie Stalagmiten aus dem Boden, doch als Flint näher kam, sah er, daß es kunstvoll verzierte Säulen waren. Die waren nicht durch das Wasser entstanden, das wußte er, sondern durch die Hände lebender Wesen. Er ging langsam durch den gewaltigen Raum, in dem er gelandet war. Obwohl er beim Echo seiner Schritte zusammenzuckte, lief er weiter.

Er sah, daß er gar nicht in einer Höhle war, sondern in einer Art großem Saal. Säulen standen an den turmhohen Wänden, die nach oben in die Schatten hochragten, jenseits von Flints schwachem Kerzenschein. Reihe von Bänken waren auf eine Art erhöhtes Podium ausgerichtet, hinter dem eine breite Treppe nach oben in die Schatten zu unbekannten Orten führte.

Die Steinmetzarbeit war unglaublich kunstvoll. Flint fuhr mit der Hand über die sorgfältig polierten Ränder und die verschlungenen Muster der Säulen. Solche Handwerkskunst kannte die Welt heute nicht mehr, aber Flint war sicher, daß sie von Zwergen stammte. Es konnte nichts anderes sein, nicht hier, so tief unter der Erde. Aber es war auch alt. Das Alter lastete hier so schwer wie das enorme Gewicht des Felsens, der zwischen Flint und der Außenwelt lag. Doch was für ein Ort konnte das sein, so nah an dem Elfenreich? Er mußte sehr alt sein, womöglich älter als Qualinesti selbst.

Eine plötzliche Erkenntnis durchzuckte Flint, und die kleine Kerzenflamme zuckte, als seine Hand zu zittern begann. Unwillkürlich fielen ihm die Worte eines alten Gedichts ein, das er als Kind gelernt hatte. Er erinnert sich, wie er als ganz kleiner Junge auf dem Schoß seines Vaters gesessen hatte. Es war eine der wenigen Erinnerungen an seinen Vater, der sehr früh gestorben war. Flint hatte gebannt gelauscht, wenn sein Vater leise am Feuer von einem uralten Königreich gesungen hatte:

So schloß man die Tore auf des Lehnsherrns Wort
Bei kaltem Totengeläut sogleich.
Versperrt vor dem Volke im Sonnenschein,
In Schatten fiel das alte Reich.

Flint erschauerte beim Gedanken an seinen Großvater, der in den Zwergentorkriegen umgekommen war. Dann überlegte er weiter, wo er sich wohl befinden mochte.

»Thorbardin? Pax Tharkas?« flüsterte Flint in die Schatten.

Es war gut möglich, sagte er sich, daß er durch einen anderen dieser verflixten elfischen *Sla-Mori* gefallen war, einen, der in die alte Hauptstadt der Bergzwerge oder in die Festung der Elfen und Zwerge führte. Wenn das so war, dann würde es ratsam sein, den verhaßten Vettern der Hügelzwerge so rasch wie möglich zu entkommen.

Zögernd, weil er die Wahrheit über seinen Aufenthaltsort zu entdecken fürchtete, ging Flint weiter.

* * *

Tanis landete unsanft auf einem schmalen Granitvorsprung, der etwa dreißig Fuß unter dem Rand aus der Klippe ragte – immer noch Hunderte von Fuß über dem Fluß.

Als er aufkam, erzitterte der Vorsprung unter seinem Gewicht. Ein paar Kieselsteine rutschten herunter, um lautlos kreisend ins Leere zu fallen. Der Stein neigte sich leicht zur Schlucht hin. Tanis suchte sich etwas zum Festhalten, als ein Haufen Erde und Steine über ihn hinwegrauschte und ihm in Augen und Mund drang. Seine linke Hand erwischte ein festes Stück Felsen, und er hörte auf zu rutschen.

Er blinzelte den Dreck aus den Augen. Dann schrie er: »Gilthanas!«

Sein Cousin rutschte den Stein hinunter und war drauf und dran, in den Abgrund zu stürzen. Verzweifelt streckte Tanis die Hand aus und konnte Gilthanas gerade noch am Handgelenk festhalten. Zuerst befürchtete der Halbelf, daß er durch das zusätzliche Gewicht selbst den Halt verlieren würde, so daß sie dann beide in die Tiefe stürzen würden, doch er schaffte es, seine Stiefelspitzen in eine Spalte in der Klippe zu graben. Er preßte sich eng an den glatten Stein und hielt Gilthanas mit aller Kraft fest. Tanis konnte nicht feststellen, ob der junge Elf lebte oder tot war.

Die lastende Schwärze der Mitternacht machte alles nur noch schrecklicher.

Tanis merkte, daß seine Handfläche schweißnaß wurde. Der Felsen neigte sich noch weiter. Wie lange konnte er noch festhalten? Es war sowieso egal. Der Stein konnte jeden Moment abbrechen.

Mit enormer Anstrengung verstärkte Tanis seinen Griff um Gilthanas' Ärmel. Der Stein kippte weiter, und wieder kullerten einige Kieselsteine in die Tiefe. Tanis schloß fest die Augen, betete im stillen, daß Gilthanas' Schneider einen festen Stoff verwendet hatte, und zog wieder an der Uniform.

Sein Cousin stöhnte, und Tanis' Herz klopfte schneller. Gilthanas war am Leben! Das gab ihm wieder neue Kraft, und mit einem einmaligen Dankgebet für sein Menschenblut, das ihn so stark machte, riß der Halbelf Gilthanas vom Rand weg zu sich hoch. Dann saß er zusammengekauert auf dem schmalen, drei Fuß breiten und doppelt so langen Vorsprung aus Kalkstein und Granit und umklammerte seinen Cousin.

Tanis setzte sich etwas um, um eine weniger gefährliche Lage einzunehmen, doch das half nichts. Vorsichtig schob er seinen Cousin eng an die Klippenwand, wo der junge Mann hoffentlich nicht herunterrollen konnte, falls Tanis einschlief und ihn losließ. Wer den Halbelfen dann selbst vor dem sicheren Tod bewahren würde, wußte er nicht.

Tanis sah die Klippe hoch, erkannte aber nichts außer den Sternbildern. Bei Mondschein hätten sie Ritzen für Zehen und Finger finden und hochklettern können, aber die Nacht war so schwarz wie in einem Sarg. Weit im Osten konnte Tanis

Fackeln auf dem Sonnenturm sehen. Die Diener im Palast waren bestimmt noch fleißig dabei, den Turm für den morgigen Höhepunkt des *Kentommen* vorzubereiten.

Er sah zu Gilthanas hinüber. Der junge Mann war bewußtlos, aber er atmete zumindest. Doch selbst wenn der Morgen zeigen sollte, daß man die Klippe hochklettern konnte, fragte sich Tanis, wie er Gilthanas die steile Wand hochbekommen sollte.

Bis zur Dämmerung würden sie jedenfalls nirgends hingehen. Er lehnte sich wieder an die Wand an, wodurch ein neuer Schwall Geröll über den Rand rutschte, und versuchte, an etwas anderes zu denken.

Er fragte sich, wo Flint wohl war – und wer den Tod des Zwergs betrauern würde, wenn auch Tanis verschwunden war.

Es konnte noch viel mehr zu betrauern geben, bis die verhüllte Gestalt fertig war, dachte Tanis. Er hatte keinen Zweifel mehr, daß der Mörder auch Laurana und Porthios und vielleicht sogar die Stimme umbringen wollte. Wieder sah er zum Turm, einen hellen Finger in der Dunkelheit, wo die Stimme ihre eigene Wache für Porthios' *Kentommen* hielt. Dann blickte er zur Seite zum Palast. Er hoffte, daß Laurana in Sicherheit war. Zumindest war die Wache, die bestimmt noch vor Tanis' Tür stand, nicht weit von Lauranas Zimmern entfernt, wenn auch nicht in Sichtweite. Und er wußte, daß Flint Laurana gesagt hatte, sie solle sich bis zum Morgen einschließen.

Tanis sah auf den dunklen Fleck rechts vom Turm, wo der Hain lag, und hoffte, daß der Mörder nicht gerade jetzt auf die Bäume jenes heiligen Orts zuschlich, um den wehrlosen Erben anzugreifen.

Als er schließlich sicher war, daß das nächste Opfer des Mörders Porthios sein würde, fragte sich Tanis, wie er den Erben warnen konnte, mal angenommen, daß der Halbelf sich aus seiner gegenwürtigen Lage befreien konnte. Er würde auf keinen Fall das *Melethka-Nara* unterbrechen können; das würden die drei Fragenden zu verhindern wissen, selbst wenn er an den Wachen vor dem Raum tief unter dem Palast vorbeikäme.

Vielleicht gab es einen Weg, Porthios auf seinem Weg von jenem Raum zum Turm abzufangen. Der junge Mann ging diesen Weg traditionell allein, denn es war der dritte Teil des *Kentommen*, genannt *Kentommen-Tala*. Es gab zwei Hauptprobleme: Alle Palastwachen wußten, daß Tanis unter Arrest stand, und es würde nicht leicht sein, Porthios davon zu überzeugen, daß der älteste Sohn der Stimme in Gefahr war. Vielleicht …

Plötzlich schrie in der Dunkelheit über ihm ein Maultier.

Tanis ließ um ein Haar Gilthanas los, denn der Ton ließ seinen Puls rasen. »Windsbraut!« rief er, und der Vorsprung bewegte sich etwas. Das Maultier wieherte wieder, diesmal etwas näher.

Tanis' Gedanken rasten. Wie konnte er sich das Maultier zunutze machen? Flint hatte es mit dem langen Seil von der Leiter festgebunden. Wenn es vielleicht genau am Rand stand und das Seil herunterhing …

Er schrie wieder, und Windsbraut antwortete. Ein Huf stieß oben gegen einen Stein und ließ ihn an Tanis vorbeifallen. Gilthanas regte sich neben Tanis und murmelte etwas über den Lärm. Einen Augenblick war der Halbelf voller Hoffnung.

Dann entfernte sich das Maultier von der Klippe. »Windsbraut!« schrie er. Gilthanas stöhnte, versuchte, sich aufzusetzen, und sackte wieder zusammen. Aber die Hufschläge von Windsbraut wurden leiser.

Natürlich, dachte Tanis. Sie suchte Flint. Er sackte wieder an die Wand zurück.

Kapitel 15

Mehr Licht

Wo auch immer er war, Flint wußte, daß er nach oben gelangen mußte, um hier heraus zu kommen, und die Stufen hinter dem Podest schienen der einzige Weg zu sein.

Seine Stiefel wirbelten Staubwolken auf, als er die lange Treppe hochstieg, doch der Zwerg hielt sich die Nase zu, um nicht zu niesen. Soweit es ihn anging – je weniger Lärm er in der bedrückend stillen Finsternis machte, desto besser. Schon jetzt hatte er den beunruhigenden Eindruck, daß ihn etwas aus den Schatten beobachtete, und zwar mißbilligend.

Flint konnte fühlen – und dabei sträubten sich ihm die Nackenhaare –, daß er hier nicht willkommen war. Aber solange es so aussah, als ob er sich nach Kräften bemühte, einen Weg nach draußen zu finden, würde vielleicht das (oder der?), was in den undurchdringlichen Schatten lauerte, ihn in Ruhe lassen.

Wie in einem düsteren Traum durchwanderte Flint die labyrinthartigen Gänge und Räume, wobei er allmählich höher kam. Das Zittern, das ihn gelegentlich überfiel, versuchte er zu ignorieren. Die feuchten Kleider klebten an seinem Körper.

Einst mußte das hier ein wundervoller Ort gewesen sein, mit all diesen höhlenartigen Sälen und den schönen Wendeltreppen. Aber mit der Zeit hatte das Wasser die einst stolzen Statuen zu grotesken Gestalten verwandelt. Kostbare Teppiche, die die Wände geziert hatten, hingen in unheimlichen Fetzen herunter wie Spinnweben einer großen Schattenspinne. Flint näherte sich einem der Wandbehänge, doch schon die Berührung seines Fingers reichte aus, um ihn zu Staub zerfallen zu lassen. Räume, deren vergoldete Wände ehemals im Licht von tausend Fackeln erstrahlt waren, stellten jetzt muffige Höhlen dar, in denen der schwache Schein von Flints Kerze kaum Helligkeit schuf. Die Luft roch noch nach denen, die hier gestorben waren.

Die Atmosphäre lastete schwer auf Flint und seinem Zwergenherz. Geschichten uralter Zwergenkönigreiche erklangen in seinem Ohr.

Während er so durch die düsteren Hallen wanderte, war Flint gelegentlich gezwungen, seine eigenen Fußstapfen zurückzuverfolgen, wenn ein Gang plötzlich in einer Sackgasse endete oder in einen Raum zurückführte, durch den er bereits gekommen war. Aber zumeist führten ihn seine Zwergensinne, die die leisesten Veränderungen von Luftzug oder Neigung der Steine mitbekamen, stetig nach oben. Wie weit er eigentlich gehen mußte, war Flint allerdings unklar. Er konnte nicht abschätzen, wie tief er in dem Schacht abgerutscht war – oder ob er überhaupt noch irgendwo bei Qualinost war.

Irgendwann brannte jedoch sein Kerzenstummel herunter. Flint jaulte, als die Flamme seinen Finger verbrannte und das letzte bißchen Kerze ihm über die Hand floß und zischend in einer Pfütze landete, wo es verlosch. Schnell und leise schloß sich die Dunkelheit um den Zwerg, als wenn hier nie ein Licht gewesen wäre.

»Verdammt!« fluchte Flint leise, während er an seinem verbrannten Finger saugte. Er wußte instinktiv, daß er kurz vor einem Ausgang war; erst vor einer Minute war er ganz sicher gewesen, daß er einen etwas frischeren Luftzug wahrgenommen hatte. Aber er konnte kaum etwas tun. Weil er merkte, wie erschöpft er inzwischen war, beschloß er, daß es nichts schaden könnte, die Augen ein wenig auszuruhen und dabei über einen Ausweg aus seiner Lage nachzudenken. Vielleicht würden sogar seine Kleider etwas trocknen.

Die Schatten waren beängstigend, aber Flint verdrängte jeden Gedanken daran. Sie hatten ihn bis jetzt in Ruhe gelassen, deshalb kauerte er sich an eine Wand. Obwohl er die Augen nur ganz kurz zumachen wollte, fiel der Zwerg rasch in tiefen Schlaf.

* * *

Zunächst fast unmerklich ließ die Dunkelheit am Horizont etwas nach, wie der Halbelf feststellte. Langsam verblaßten die Sterne, und ein schwaches Licht kroch am Horizont in den Himmel.

Durch den lautstarken Besuch von Windsbraut war Gilthanas etwas wach geworden, um dann aus der Bewußtlosigkeit in Schlaf zu wechseln. Tanis, der jetzt zu erschöpft war, um noch einzudösen, konnte nur noch zusehen, wie das Licht allmählich zunahm, bis sich irgendwann die Sonne über den fedrigen Morgenwolken erhob und sie wie ein rotes Auge ohne jedes Zwinkern ansah. Die Schlucht unter ihnen lag in silbrigem Nebel.

Drüben im Osten hörte Tanis die Trommel, die das Zeichen

gab, daß die drei *Ulathi* den Turm verlassen hatten, um Porthios im Hain abzuholen. Dort würden sie ihn in eine graue Robe kleiden, in genauso eine wie die von Gilthanas, und ihn zum *Melethka-Nara*, der Prüfung der Fragen, der Kritik und des Anstachelns, in den Palast führen.

Tanis sah die dreißig Fuß hohe Klippenwand empor. Im zunehmendem Licht sah es so aus, als ob ein wendiger Kletterer sich mit Hilfe der Felsspalten und der Wacholdersträucher den Fels hochschieben könnte. Er hoffte nur, daß sein Cousin ihm folgen konnte.

* * *

Das erste, was Flint beim Aufwachen merkte, war, daß er sehen konnte. Gerade so eben, gut, aber es gab ein schwaches, blaßgraues Licht, das ausreichte, ihn ungefähr die Umgebung in dem Raum erkennen zu lassen, wo er gerade war.

Flint stöhnte, als er aufstand und sich streckte. Er mußte mehrere Stunden geschlafen haben. Die Schatten wirkten jetzt weniger bedrohlich. Was auch immer die Quelle des grauen Lichts war, sie schienen es zu fürchten. Das Licht war zwar blaß, aber nicht unheimlich, nicht so wie das von den Fischen, die er anfangs entdeckt hatte. Daher wurde dem Zwerg leichter ums Herz. Flint suchte den Raum ab, weil er sich fragte, wo das Licht herkam, bis er es plötzlich sah.

Genau über der Stelle, an der er sich zum Schlafen zusammengerollt hatte, war ein winziger Riß in der Steinwand. Der Zwerg wußte, was das bedeutete. Das Licht war Tageslicht, und irgendwo hinter dieser Wand ging es nach draußen.

Flint untersuchte den Riß. Die Linien waren kaum wahrnehmbar, aber Flint grunzte. Er war sich sicher, daß das hier einmal ein Fenster gewesen war. Wahrscheinlich hatte man es aus irgendeinem Grunde zugemauert. Flint konnte ungefähr den Umriß der verschlossenen Öffnung erkennen.

Er nahm den schweren Hammer zur Hand, der immer noch

treu in seinem Gürtel steckte, und schlug mit all der Kraft des Schmieds gegen den Stein. Der erbebte, und Flint knurrte zufrieden, als er sah, daß der Riß länger geworden war. Er holte wieder aus, dann ein drittes Mal. Der Spalt wurde breiter, und ein zweiter kam dazu, der einen dünnen Lichtstrahl hereinfallen ließ. Das machte dem Zwerg Mut, so daß er die Wand ernsthaft zu bearbeiten begann. Zum Glück war die Mauer nicht dick, und der eine Riß war ein Zeichen für die Schwäche des Gesteins gewesen. Die Hast, mit der dieses Fenster einst versiegelt worden war, wirkte sich jetzt eindeutig zu Flints Vorteil aus. Hätten die Handwerker beim Bau der Wand ihre ganze Kunst eingesetzt, so wäre Flints Hammer gegen die Steine so nutzlos gewesen wie eine Weidengerte.

Schon nach einer Minute lösten sich Steinbrocken aus der Wand. Der Riß wurde zu einem Loch, bis plötzlich der ganze Einbau nachgab und vor Flint zusammenbrach. Die Steine kullerten zur Seite, während Licht in den Raum strömte und die Schatten in die tieferen Winkel der Gänge zurücktrieb.

Triumphierend steckte Flint seinen bärtigen Kopf durch das Loch, doch – sein Triumph verflog, denn er befand sich am Boden eines weiteren Steinschachts.

Wieder gab es nur den Weg nach oben.

* * *

Es gab nur den Weg nach oben, dachte Tanis, als er die Klippe hinaufstarrte. Neben ihm regte sich Gilthanas endlich und schlug die Augen auf. Seine eine Kopfseite war gerötet und wies eine eigroße Beule auf, doch sonst schien er unverletzt zu sein.

»Tanis!« entfuhr es ihm. Erst malte sich Erleichterung, dann Ärger auf seinem Gesicht. »Du hast dich dem Urteil der Stimme widersetzt!«

»Ich bin gekommen, um dich zu retten«, sagte Tanis, während die Trommeln in Qualinost wieder zum Melethka-Nara riefen.

Gilthanas setzte sich mühsam auf, wobei der Felsvorsprung erzitterte. »Die Trommeln!« sagte er mit Panik in den Augen. »Ich muß zum *Kentommen-Tala* zurück sein.« Seine Bewegungen brachten ihn gefährlich nah an den Rand des Vorsprungs, so daß Tanis seinen Cousin am Arm festhielt und zurückzog. Zu der Erleichterung und dem Ärger, die im Gesicht der blonden Wache miteinander kämpften, gesellte sich jetzt Furcht.

»Glaubst du, daß du da hoch kommst?« Tanis zeigte auf die dreißig Fuß hohe Felswand über ihnen. »Oder soll ich dich hier lassen und Hilfe holen?«

»Mich hierlassen?« wiederholte Gilthanas, der aufsprang und an den Fels griff. »Ich würde meine Pflicht versäumen, wenn ich dich entkommen ließe.«

»Entkommen?« murmelte Tanis. Der Felsvorsprung, der sich durch ihre Bewegungen weiter gelockert hatte, erzitterte wieder.

Aber der Ruf der Pflicht schien der jungen Wache Kraft gegeben zu haben, denn Gilthanas hielt sich wacker, als er die Klippe hochkletterte, obwohl seine knöchellange Robe ihn doch ziemlich behinderte. Irgendwann stopfte Gilthanas sich den Saum der Robe in den Gürtel, um leichter klettern zu können. Dadurch konnte Tanis jedoch nicht so schnell von dem Vorsprung verschwinden, der immer mehr nachgab. Nervös wartete Tanis, bis Gilthanas über Kopfhöhe des Halbelfen war. Dann folgte er ihm, wobei er sich mit Händen und Füßen an denselben Stellen festhielt wie sein Cousin.

Was in der nächtlichen Finsternis hoffnungslos gewirkt hatte, erwies sich bei Tageslicht als anstrengend, aber durchaus zu schaffen.

Eine halbe Stunde später half Gilthanas Tanis über den Rand des Abgrunds. Dabei löste sich ein größerer Felsen, der mit einem knirschenden Geräusch über den Rand rollte und auf den Vorsprung prallte, auf dem die beiden die Nacht verbracht hatten. Das Felsstück knackte, senkte sich dann weiter und brach allmählich von der Klippe ab. Durch die klare Luft sauste es nach unten in den Fluß.

In der Ferne schwollen die Trommeln ein letztes Mal an, um dann zu verstummen.

»Das *Melethka-Nara* hat angefangen«, sagte Gilthanas. »Porthios ist in dem Raum unter dem Palast. Jetzt beginnt das Verhör. Ich habe drei Stunden Zeit, bis ich im Gang zwischen der unterirdischen Kammer und dem Turm sein muß.« Aber immer noch stand Gilthanas schweigend da und blickte nach Westen. Tanis wußte, daß er in Gedanken bei seinem Bruder in der Kammer war.

»Gilthanas«, sagte Tanis. »Hast du das Gesicht des Angreifers gesehen?«

Der Elf riß seine Aufmerksamkeit von Qualinost los und sah Tanis an. Dann schüttelte er den Kopf und machte sich zu dem Pfad an der Klippe auf. »Es war dunkel. Er hatte eine Kapuze. Hast du ihn gesehen?«

Tanis schüttelte den Kopf und erklärte, was zwischen seiner Flucht aus dem Palast und seinem Sturz von der Klippe geschehen war. Er lenkte Gilthanas von seinem Weg zum Pfad ab, indem er erst zu der Felsspalte zurückkehrte, in der Flint verschwunden war. Tanis rief nach dem Zwerg und warf Steinchen in die enge Öffnung, um festzustellen, wie tief sein Freund gefallen sein mochte. Es kam keine Antwort, und Tanis war zu groß für das Loch.

»Wir müssen uns beeilen«, drängte Gilthanas.

Tanis zögerte, weil er nicht sicher war, ob er Flint verlassen durfte. Gilthanas griff schnell zu und zog Tanis das Schwert aus der Scheide. Der Halbelf kam gar nicht auf die Idee, seinen Cousin daran zu hindern, dem er doch vertraute – doch dann sah sich Tanis plötzlich seiner eigenen Klinge gegenüber. Der Anhänger seiner Mutter glänzte hell im Griff. Die Waldvögel zwitscherten weiter um die beiden herum, als wäre nichts geschehen.

»Was tust du?« flüsterte Tanis.

»Du bist mein Gefangener«, sagte Gilthanas förmlich. »Du hast eine Anordnung der Stimme mißachtet. Als Mitglied der Palastgarde ist es meine heilige Pflicht, dich festzunehmen und zur Verurteilung nach Qualinost zu bringen.«

Tanis blickte wieder auf das Schwert, das Flint für ihn gemacht hatte, dann zu Gilthanas. Die ernste Miene seines Cousins erstickte jeden Protest im Keim. Tanis schätzte seine Lage ab. Er war größer und stärker als sein zierlicher Cousin, und er hatte ein Messer. Tanis wußte, daß er Gilthanas überwältigen konnte, selbst wenn der das Schwert des Halbelfen hatte.

Aber was würde er dann tun? Gilthanas fesseln und unbewacht hier lassen? So ein Vorhaben wäre vielleicht näher an Qualinost akzeptabel, wo mehr Leute waren, aber das Gebiet um den *Kentommenai-Kath* war einsam. Widerstrebend und mit dem stillen Gelöbnis, später zurückzukommen, ließ sich Tanis von Gilthanas von der Spalte wegführen.

* * *

Das Loch war ein Luftschacht, entschied Flint. Er konnte etwa fünfundzwanzig Fuß direkt nach oben sehen. Möglichst ohne seine verletzte Schulter zu belasten, schob der Zwerg seinen dicken Körper durch die Öffnung und in den Schacht, der etwa so breit war wie ein Faß Bier – ein Gedanke, der Durst machte und den Flint sogleich verdrängte. Er stand auf einer Schicht aus Erde und alten Pinienzapfen. An der Wand lag ein vertrocknetes Skelett von einem etwa waschbärgroßen Tier. Flint versuchte, nicht an das Tier zu denken, das hier unten verendet war, wenn auch schon vor Jahren.

Oben sah der Zwerg Licht, und darüber wiegten sich Fichtenzweige. Er suchte nach Halt für die Hände, aber vergeblich. Der Schacht wäre breit genug gewesen, um hochzukommen, indem er sich auf der einen Seite mit den Schultern, auf der anderen mit den Füßen abstützte, aber seine Schulter war zu schwach. Bei jedem Versuch landete er nur mit einem »Autsch!« wieder auf dem schwammigen Boden des Schachts.

»Reorx!« sagte er leise. Dann lauter: »Bei Reorx' Hammer!« Unglücklich setzte er sich auf den Boden. Seine Finger fuhren die Linien nach, die die Steinmetze vor Jahrtausenden in die Wand geschlagen hatten – T-förmige Meißelabdrücke. Die Erbauer des Schachts waren inzwischen längst tot. Wahrscheinlich arbeiteten sie jetzt bei Reorx. Flint untersuchte einen der T-Abdrücke. Genauso ein Zeichen hatte er auf Lord Tyresians Unterarm gesehen. Unvermittelt tauchte vor Flints Augen wieder das Bild der toten Eld Ailea vor ihrem Kamin auf. Das entblößte Bein, der lila Rock, der Ärmel, der bis zum Ellbogen hochgezogen war. »T«, Narbe, Erbe, erinnerte er sich …

In plötzlicher Erkenntnis riß Flint seinen hängenden Kopf so rasch hoch, daß er hinten gegen die Wand schlug.

»Die Narbe, der Tee, der Erbe«, flüsterte er. Er hatte es einfach mißverstanden. Jetzt erinnerte er sich, wie er nach dem Mordanschlag eine Tasse Tee von Miral bekommen hatte, und wie ihm Ailea später einen ihrer eigenen Tränke verabreicht hatte, von dem ihm schlecht geworden war. Dann hatte der Magier Flint ein paar Tage später gefragt, ob sein Heiltee gewirkt hatte – Minuten bevor sie Aileas Nachricht bekommen hatte, daß sie etwas über Lord Xenoths Tod herausgefunden hatte.

Der Zauberer hatte ihm vergifteten Tee gegeben! Und Ailea hatte das gemerkt. Aber Ailea hatte gründlich über die ganze Sache nachgedacht, bevor sie ihre Anklage erheben wollte. Dann, als sie ganz sicher war, nachdem sie das letzte Puzzleteil eingefügt hatte, hatte sie Flint eine Nachricht geschickt – und der hatte sie sofort an den Mörder weitergegeben!

»Reorx, steh mir bei!« betete der Zwerg, als er den Dreck auf dem Boden des Schachts durchwühlte und Pinienzapfen beiseite warf, während er nach irgend etwas suchte, das ihm weiterhelfen konnte.

Wenn er recht hatte, würden weder Porthios noch die Stimme, noch Gilthanas, noch Laurana den Tag überleben.

Mitten in dieser Suche jedoch – als hätte Reorx seinen Ruf vernommen und den wahrscheinlichsten aller Retter geschickt – hörte Flint ein Maultier schreien. Plötzlich wurde das Licht schwächer, und Flint sah nach oben. Etwas stand über der Schachtöffnung. Anstelle von unscharfen Pinienzweigen sah der Zwerg jetzt eine groteske Schnauze, zwei Ohren, die fast so lang waren wie sein Bein, und ein Paar brauner Augen, die vor Leidenschaft leuchteten.

»Windsbraut!« rief er. »Du wunderbares Tier!« Das Tier klimperte mit den Lidern. »Ich bin immer noch in Qualinesti!«

Er hätte nie gedacht, daß er den Tag erleben würde, an dem ihm der Anblick seines Maultiers die Tränen in die Augen treiben würde. Was ihn jedoch besonders begeisterte, war das zehn Fuß lange, angekaute Seil an ihrem Geschirr. Die Elfen hatten gelacht, als er ein Geschirr für ein Maultier hergestellt hatte; jetzt konnte er über sie lachen. Ein Halfter hätte nie gehalten.

Bis darauf, daß ihm immer noch fünfzehn Fuß zu dem Seil fehlten, das in den Schacht baumelte, während Windsbraut da oben schnaubte.

Flint nahm Bestand auf. Er hatte Flint und Stahl, Hammer, Messer und die Strickleiter. Die Leiter würde wahrscheinlich bis zum Boden des Schachts reichen, aber der Versuch, eine schlaffe Strickleiter von unten nach oben aufzuhängen, schien hoffnungslos.

Windsbraut wieherte wieder. Der Ton hallte in dem Steinschacht so laut nach, daß Flint fast die Ohren platzten.

»Ruhe da oben!« schrie Flint. Als das Maultier vom Loch zurückwich und das Zugseil mitschleifte, rief er: »Nein! Warte! Ich hab's nicht so gemeint!«

Zögernd spähte Windsbraut wieder über den Rand. Sie war schon in Augenhöhe nicht besonders schön, doch von unten sah sie völlig absurd aus. Außerdem wirkte sie verärgert. Flint kam plötzlich die schreckliche Vorstellung, wie sein Maultier beleidigt davonstapfte. Und wirklich zog es sich wieder vom Rand zurück. Das Seilende zog sich im Kamin höher. »Windsbraut, du –« Er dachte schnell nach und schlug einen schmeichelnden Tonfall an. » – du bezauberndes Geschöpf, bitte komm doch zurück.«

Das Seil hielt inne, wackelte und fiel wieder ein paar Handbreit herunter. Feuchte braune Augen suchten seinen Blick. Ein Ohr knickte ab.

Flint wickelte sich die Strickleiter vom Bauch. Wenn er das Ding irgendwie zu dem Maultier hochbekam … Er schätzte die Entfernung ab und warf die Leiter hoch.

Wie ein Haufen Schlangen fiel das Ding auf ihn herunter, und Windsbraut wieherte.

»Ja, du Mistvieh«, murmelte Flint. »Lach doch.«

Er befreite sich aus den Stricken der Leiter und versuchte es noch einmal mit demselben Erfolg. Beim dritten Versuch schließlich, als seine Schulter von der Anstrengung schon schmerzte, probierte er einen Wurf von unten her, und eine Leitersprosse fiel über den Rand des Schachts, wo sie sich eine kurze Sekunde lang an einem Stein verfing. Windsbraut senkte ihre feuchte Schnauze, beschnüffelte die Leiter und ließ sie wieder auf Flint hinuntertrullern.

»Windsbraut!« schimpfte Flint. Dann wechselte er in die höchste Tonlage, was ihn an ein Elfenmädchen erinnerte, das mit seinen Puppen redete. »Willst du mich etwa hier unten sterben lassen, meine Süße?«

Ein I-A donnerte den Schacht hinunter.

Wieder warf er die Leiter. Diesmal fielen zwei Leitersprossen über den Rand und lagen genau neben dem Maultier auf dem Boden, das sie verständnislos anstarrte. Der untere Rand der Leiter baumelte vor Flints Gesicht, doch der Zwerg wagte ihn nicht zu berühren, um sie nicht wieder loszureißen. Die

Seile rutschten langsam wieder in den Schacht zurück. Flint fluchte leise.

Dann hob Windsbraut einen ihrer untertellergroßen Hufe und hielt ihn über die rutschende Leiter. Der Zwerg hielt den Atem an.

Gerade als die letzte Sprosse vorbeirutschte, setzte das Maultier gezielt und sauber den Huf darauf. Die Leiter blieb abrupt hängen.

Mit einem Schrei des Entzückens legte Flint eine Hand an die unterste Sprosse und zog. Das Maultier schnaubte beunruhigt bei dem plötzlichen Zug an seinem Huf, bleib aber stehen.

Flint kletterte die Leiter halb hoch, wobei er seine Schulter so gut wie möglich schonte. Bald baumelte das Ende des Seils, das er am Geschirr des Maultiers festgemacht hatte, neben ihm. Es waren nur noch zehn Fuß zu klettern.

Das Maultier wurde unruhig.

»Windsbraut, nicht!« schrie der Zwerg.

Sie hob den Fuß.

Flint hechtete nach dem Seilende, und der Hals des Maultiers wurde von dem plötzlichen, zusätzlichen Gewicht ein Stück nach unten gerissen. Die Leiter sauste an ihm vorbei auf den Boden. »Du blöder Esel!« kollerte Flint, der an dem Seil hin und her schwang.

Mit einem Ruck wich das Maultier von dem Schacht zurück und galoppierte ein paar Schritte. Mit einem heiseren Schrei schoß der Zwerg wie eine Forelle an der Angel aus dem Loch.

* * *

»Verzeih mir, Tanis«, sagte Gilthanas, als sie den Pfad über dem Abgrund entlang liefen.

Einen Augenblick lang war Tanis über die bekannten Worte entsetzt. Das hatte der Mörder gesagt.

»Du weißt, daß ich das tun muß«, sagte Gilthanas. »Als Palastwache bin ich dazu verpflichtet, dafür zu sorgen, daß die Anordnungen der Stimme befolgt werden.« Er hatte das Schwert längst in die Scheide gesteckt, die er Tanis ebenfalls abgenommen hatte. Anscheinend glaubte er, daß Tanis keinen Fluchtversuch unternehmen würde.

Der Halbelf nickte. Er war zu sehr damit beschäftigt, die Lage zu beurteilen, um sich müßig zu unterhalten. Allerdings ...

Vielleicht würde er etwas erfahren, das er später brauchen konnte.

»Ich verstehe schon«, sagte der Halbelf. Er sah zu Gilthanas hinüber. Das Gesicht des Elfen hatte sich vor Anstrengung gerötet, wegen des Tempos, das sie seit einer knappen Stunde hielten. Sein Cousin gab den Blick zurück, und zum ersten Mal seit Jahren sah Tanis den Freund seiner Kinderzeit. »Welche Aufgabe hast du bei der Zeremonie?«

Gilthanas machte keuchend auf einer Lichtung halt. Er winkte Tanis zu, sich auf einen Stein zu setzen, und hockte sich selbst daneben.

»Wenn Porthios die Kammer unter dem Palast verläßt, schlägt er seine Kapuze über, um sein Gesicht zu verbergen. Er trägt eine graue Robe wie diese. Dann kommt er von der Kammer an eine Wendeltreppe – neunundneunzig Stufen, für jedes Lebensjahr eine. Die Treppe heißt *Liassem-Eltor*, Treppe der Jahre. Porthios muß die Stufen in absoluter Finsternis hinaufsteigen. Oben findet er einen Alkoven mit einer einzigen Kerze, dazu Flint und Stahl zum Anzünden.«

»Und du ...?« beharrte Tanis, der sich kurz fragte, warum man ihm den genauen Ablauf der Zeremonie nicht beigebracht hatte.

Gilthanas fuhr fort: »Hinter dem Alkoven kommt ein langer Gang, der auf keiner Karte von Qualinost verzeichnet ist, weil er nur von Elfen benutzt wird, die weder Kind noch erwachsen sind – Elfen, die deshalb eigentlich gar nicht existieren.

Deshalb existiert auch der Korridor nicht und steht auf keiner Karte.«

Tanis faßte wieder nach: »Deine Rolle ...« Aber Gilthanas, der von der Zeremonie begeistert war, der auch er sich eines Tages unterziehen würde, war offenbar entschlossen, die ganze Geschichte zu erzählen.

»Der Korridor heißt *Yathan-Ilara*, Pfad zur Erleuchtung. Er führt zum Sonnenturm. Der junge Elf legt diesen Weg schweigend und allein zurück. Am Ende kommt eine Tür, wo er wartet, bis derjenige, der am *Kentommenai-Kath* Wache gestanden hat, sie öffnet und ihn in den Hauptsaal des Sonnenturms einläßt.«

Hier also war Gilthanas' Platz. Es klang, als hätte er seine Rolle auswendig gelernt – bestimmt bei Miral. »Ich warte vor der Tür, bis ein Gong ertönt. Dann mache ich die Tür auf, husche hinein, lasse die Tür zufallen, nehme Porthios die Kerze ab und sage – natürlich in der alten Sprache: ›Ich bin deine Kindheit. Laß mich zurück in den Nebeln der Vergangenheit. Schreite vorwärts in deine Zukunft.‹ Porthios macht die Tür auf und betritt den Sonnenturm.«

Jetzt kam Tanis allmählich eine Idee.

»Du bleibst in dem Gang?« fragte der Halbelf.

Gilthanas klang etwas verlegen. »Ich soll Porthios' entschwundene Kindheit darstellen, also sollte ich bei der eigentlichen Zeremonie wirklich nicht dabei sein. Aber Miral meinte, daß es keiner merken wird, wenn ich die Tür ein bißchen aufmache, um zuzuhören. Schließlich habe ich schon in sechzig Jahren selbst mein *Kentommen.*«

Tanis war jetzt der Plan klar, mit dem er den Mörder zur Strecke bringen würde.

Sie setzten ihren Marsch nach Qualinost wieder fort. Schließlich führte der Pfad nach unten. Trommeln und Trompeten erklangen wieder vom Palast und vom Turm her, und Gilthanas rief: »Wir müssen schneller machen! Ich komme zu spät!«

Durch die lichter werdenden Espen konnte Tanis gerade so eben die Westbrücke über den Fluß der Hoffnung erkennen. Ohne nachzudenken, machte er einen falschen Schritt und stieß gegen Gilthanas. Als sein Cousin sich überrascht nach ihm umdrehte, ging der Halbelf zum Angriff über.

Fünf Minuten später tauchte eine Gestalt in grauer Robe hinter einer Baumgruppe auf. Dahinter wackelte es im Gebüsch, und eine erstickte Stimme versuchte zu schreien, als wenn dort ein großes Tier gefesselt läge. Wer einen genaueren Blick auf die Gestalt in der Robe geworfen hätte, die jetzt den Pfad herunterkam, hätte den schwachen Umriß eines Schwerts auf der linken Seite bemerkt.

Tanis hoffte, es würde keiner hinsehen.

Er zog sich die Kapuze über das Gesicht, fing an zu rennen und überquerte die Brücke.

Kapitel 16

Zusammenkunft im Turm

Flint ließ das Seil los, als er gegen zwei Espen knallte, und ließ sich in das feuchte Moos sacken. Windsbraut rannte noch ein paar Schritte weiter. Dann blieb sie stehen und sah finster zu ihm zurück. Flint drohte ihr mit der Faust. »Du … du Esel!« schrie er.

Er blickte zu dem Loch im Fels zurück, um es vielleicht zu markieren, damit er eines Tages zu einer genaueren Untersuchung zurückkehren konnte. Dann beschloß er, daß die Geheimnisse der Vergangenheit – und die Schatten, die dort unten lauerten – besser ruhen sollten. Dennoch ging ihm die Sache nicht aus dem Kopf.

Tief unter ihm hatte die Stille wieder ihren schweren Mantel über die leeren Säle und Gänge gebreitet. In der Finsternis warteten die Schatten wie schon seit Jahrhunderten.

In der Ferne hörte Flint den Klang der Trommeln und Trompeten. Wieder erinnerte er sich unvermittelt an etwas: an den Anblick des Magiers, der einen Ärmel hochschob, um dem Zwerg zu zeigen, wie man die wundersame Badewanne im Palast leerte. Der Zwerg hatte eine kleine, sternförmige Narbe auf Mirals Unterarm gesehen.

Schließlich erinnerte sich der Zwerg daran, wie er bei seinem ersten Besuch mit Tanis mit Ailea in der Küche gewesen war. Sie hatte von einigen Geburten erzählt, bei denen sie geholfen hatte, und hatte eine erwähnt, die so schwierig gewesen war, daß das kleine Kind eine sternförmige Narbe davontrug.

Flint wußte: Schon bald wurde Miral die Wut herauslassen, die er jahrelang trotzig in sich aufgebaut hatte. Die Stimme und mit ihr ihre drei Kinder – falls Gilthanas nicht bereits tot war – würden sterben. Flint zweifelte nicht daran, daß der Teil von Miral, der noch nicht wahnsinnig war, der Teil, den er all die Jahre zur Schau gestellt hatte und mit dem er sich mit Zwerg und Halbelf angefreundet hatte, rufen würde: »Verzeiht mir!«, während er sie ermordete.

»Kleiner Zauberer, ja, ja«, sagte er und zog eine Grimasse. Tiefe Sorgenfalten durchfurchten seine Stirn.

Selbst auf einem Maultier würde er niemals rechtzeitig nach Qualinost gelangen. Außerdem hatte er keine Ahnung, wo in Qualinesti er aufgetaucht war – außer daß er sich irgendwo jenseits der Schlucht im Westen von Qualinost befand. Die Gegend kam ihm entfernt bekannt vor. Er sah sich um und riß sich zusammen. Windsbraut kam näher, doch der Zwerg ignorierte sie. Angestrengt durchforstete er sein Gehirn. Das Leben der Stimme hing am seidenen Faden.

Es gab keine Möglichkeit, rechtzeitig dorthin zu kommen – wenn er keine Abkürzung fand.

Wie den *Sla-Mori* in der Eiche!

Er machte die Augen zu, um sich alles in Erinnerung zu rufen, die Panik, die Flucht vor dem Tylor, Windsbrauts donnernde Hufe. Dann öffnete er die Augen wieder und betrachtete das Maultier mit neuem Interesse. Es riß einen Mundvoll Gras ab und starrte zurück.

Flint drehte sich um. Er war sich ziemlich sicher, daß südwestlich von hier der Ort liegen mußte, wo er auf das Echsenmonster gestoßen war. Wenn er nur den Weg finden konnte, würde ihm – oder dem Maultier – vielleicht etwas bekannt vorkommen. Maultiere waren für ihren Orientierungssinn bekannt, wenn auch nicht für ihre Intelligenz, ihren wohlriechenden Atem oder ihre fügsame Natur. Er ging einen Schritt auf Windsbraut zu.

»Komm her, Süße«, lockte er.

Das Maultier kaute weiter und sah ihn dabei argwöhnisch an.

Er rupfte eine Handvoll Gras aus und hielt sie ihm hin.

»Möchtest du?« fragte er.

Auf dem Gesicht des Tieres zeigte sich ein gewisses Interesse.

»Na, schön«, sagte er mit einem gekonnten Seufzer und drehte sich zur Seite. Das Grasbüschel streckte er nachlässig über die unverletzte Schulter aus. »Ich fürchte, mir bricht mein armes, altes Herz.« Er schluchzte scheinheilig.

Eine schlüpfrige Schnauze näherte sich seinem Hals und wand ihm das Gras aus der Hand. Er drehte sich um und sah das Tier freudestrahlend an. »Windsbraut!« Er warf ihr die Arme um den Hals (schließlich konnte er später baden) und sprang auf ihren Rücken.

Sekunden später waren sie auf dem Weg nach Südwesten.

* * *

Die Wachen auf der stadtnahen Seite der Brücke winkten, als Tanis in Gilthanas' grauer Robe vorbeirannte. »Du kommst zu spät, Gilthanas!« rief einer. Tanis hielt seine Kapuze gut fest, weil er Angst hatte, bei seinem Tempo würde sie zurückgeschlagen werden und ihn entlarven.

Dann würden ihn die Wachen auf jeden Fall festnehmen.

Der Halbelf hetzte die gepflasterten Straßen entlang.

Ernst stand Miral am Rand vom Zentrum des Sonnenturms. Die beiden Mosaiken sechshundert Fuß über ihm glühten, und die Marmorwände erstrahlten im Licht der vierhundert Fackeln und des Sonnenlichts, das durch unzählige Spiegel in der Wand reflektiert wurde. Der Saal füllte sich bereits mit Adligen. Lord Litanas stand am Podium. Lady Selena, deren Haare deutlich blonder waren, als beim letzten Mal, wo der Magier sie gesehen hatte, sah den neuen Berater von ihrem Platz am Eingang mit ihren tiefblauen Augen liebevoll an. Für Ulthen, der sich hinten herumdrückte, hatte sie keine Augen.

Lord Tyresian hatte offenbar jemanden gefunden, der ihm sein Prunkschwert repariert hatte, das er jetzt trug, während er neben Laurana am Podium stand. Laurana wirkte nervös. Sie achtete nicht auf Tyresian und sah sich die ganze Zeit um.

Als Koordinator des *Kentommen* hatte Miral den Adligen ihre Plätze zuweisen können. Er hatte einfach so getan, als gäbe er Anordnungen der Stimme weiter. Laurana würde gleich neben Porthios und Solostaran stehen, wenn er seine Magie entfesselte, überlegte der Zauberer.

Zu schade, daß Lauralanthalasa seinen Heiratsantrag abgelehnt hatte. Er hätte so viele seiner Pläne für sie geändert. Er hätte sie wirklich um Jahre verschoben, bis er ihr eines Tages einen offiziellen Antrag gemacht und dafür ihre Liebe erhalten hätte. Für Laurana hätte er auf das Amt der Stimme verzichtet; er fragte sich, ob er ihr das hätte sagen sollen. Frauen liebten das Gefühl, daß ihre Verehrer für sie die Welt aufgaben. In Lauranas Fall hätte er das womöglich sogar wirklich getan.

»Kleiner Zauberer«, sagte er heiser zu sich selbst und lachte. Seit seiner Kindheit war er mächtig gewesen – seit er den Graustein von Gargath in den Höhlen gefunden hatte.

Miral stellte sich rechts neben das Podium und ging auf die Stufen zu, die sich zwischen der marmornen Innenwand und der goldenen Außenwand des Turms hochschraubten. Wer ihn dabei beobachtete, mußte glauben, daß der Elf, der Porthios' *Kentommen* vorbereitet hatte, vom zweiten Balkon aus – direkt über den Musikanten – einen besseren Blick über die Abläufe bekommen wollte. Die Menge jedoch würde ihn nicht sehen können, wenn er den Zauber wirkte, der die Spitze des Turms öffnen und Feuer herunterregnen lassen würde. Und wenn jemand ihn sah, würde es auch nichts machen.

Keiner würde das alles überleben.

Langsam ging er die Stufen hoch und hielt zwischendurch an, um Luft zu holen. Er war in letzter Zeit schwächer geworden. Ob er wollte oder nicht, Xenoths Tod durch seine Magie hatte ihn geschwächt. Aber die Tylorjagd war so eine hervorragende Gelegenheit gewesen, nachdem der Berater damit gedroht hatte, zu verraten, was er über Miral erfahren hatte. Es war so einfach gewesen, sich die vielen zukünftigen Reichtümer mit noch ein paar Tagen Stillschweigen zu erkaufen. Neugierige, alte Krähe, dachte Miral. Die Hebamme genauso, auch wenn er es wirklich bedauert hatte, ihrem Leben ein Ende zu setzen. Der Zauberer hatte gehofft, die Adligen würden Xenoths Tod der Magie des Tylors zuschreiben, doch dann hatte Miral gesehen, wie Tanis den zweiten Pfeil auflegte – mit einer der Pfeilspitzen, die der Magier bei seinem nächtlichen Besuch in Flints Laden verzaubert hatte. Da hatte der Magier die Chance gewittert, sie alle durcheinanderzubringen. Es war nicht schwer gewesen, den verzauberten Pfeil in die Brust des toten Beraters zu lenken.

Wie schade, daß die im Turm versammelten Adligen nichts mehr von seinem Genie erfahren würden.

Blätter und Zweige schlugen Flint ins Gesicht, als er Windsbraut durch den Wald trieb. Sie waren schon eine halbe Stunde unterwegs, und obwohl dem Zwerg hin und wieder etwas bekannt vorkam – der Felsen da neben der Eiche zum Beispiel –, konnte er immer noch nicht mit Sicherheit sagen, wo er war.

Windsbraut jedoch schien ein Ziel zu haben, obwohl Flint nicht besonders glücklich damit war, sich einem Strohdummen, liebestollen Maultier zu überlassen. Doch das war im Moment seine einzige Möglichkeit.

* * *

Der Mörder muß Tyresian sein, dachte Tanis beim Rennen. Der Halbelf versuchte gar nicht mehr, das Schwert zu verbergen, das zwischen seiner Robe und den Hosen herumschwang. Entsprechend den Vorschriften des *Kentommen* wendeten die Elfen auf der Straße sofort die Augen ab, wenn er vorbeikam. Nur sicherheitshalber hielt er jedoch weiterhin die Kapuze fest.

Vielleicht war es auch Litanas, überlegte Tanis weiter. Der junge Elfenlord, der erst vor einem Jahr selbst sein *Kentommen* gefeiert hatte, hatte von Xenoths Tod beträchtlich profitiert. Litanas war auf den Posten des alten Beraters nachgerückt und hatte die reiche Lady Selena für sich gewonnen. Und vielleicht hatte Ailea etwas herausgefunden, was Litanas mit Xenoths Tod in Verbindung brachte.

Das war entmutigend und beängstigend. Tanis kannte einfach nicht genug Tatsachen, um festzustellen, wer für Aileas und Xenoths Tod verantwortlich war und zwei weitere Mordversuche unternommen hatte – an Gilthanas und an Tanis. Er wußte nur, daß der Anschlag auf Gilthanas bedeutete, daß Flint recht hatte: Porthios, die Stimme und Laurana schwebten in furchtbarer Gefahr.

Ohne auf seine schmerzenden Lungen zu achten, rannte er weiter.

Es war dieselbe Lichtung, da war Flint sich sicher. Derselbe gewaltige Felsen, dieselben Fichten. Immer noch lagen zersplitterte Bäume auf dem Boden, und durch das Unterholz war ein breiter Pfad getrampelt.

Er hatte die Lichtung gefunden, auf der ihn der Tylor zum ersten Mal angegriffen hatte.

Von hier aus würde er hoffentlich den *Sla-Mori* finden können.

Wenn er nur rechtzeitig hinkommen würde.

Wenn er sich bloß an alles erinnern würde, was er getan hatte, als er den *Sla-Mori* geöffnet hatte.

* * *

Miral sah von dem leeren, zweiten Balkon aus auf die Versammlung hinunter. Seine klaren Augen glänzten.

Er sah Lauranas goldene Haare im Fackellicht glitzern und verspürte kurz eine gewissen Traurigkeit – über das, was er tun mußte, über das, was er getan hatte, über das, was der Graustein ihm befohlen hatte. Das Morden hatte mit dem Tod von Kethrenan Kanan, dem Bruder der Stimme, vor fünfzig Jahren begonnen. Miral hatte die Menschenbanditen durch seine Zauberkunst gelenkt, als sie Kethrenan und dessen Frau Elansa angriffen. Und obwohl nicht Miral selbst das Schwert geführt hatte, das Kethrenan niedergestreckt hatte, war es seine Tat gewesen. Aus lauter Eifersucht.

Zum ersten Mal hatte er versucht, Menschen zu lenken. Und zum letzten. Sie hatten sich für ihn als zu unberechenbar erwiesen. Ursprünglich hatte er ihnen befohlen, auch Elansa umzubringen. Er war jedoch rechtzeitig genug eingetroffen, um zu sehen, wie sie bewußtlos auf der Straße lag, während die Räuber darum stritten, wer sie ermorden sollte. Aufgrund einer plötzlichen Sentimentalität, die ihn selbst überrascht hatte, hatte er ihnen befohlen, Elansa den Stahlanhänger wieder um den Hals zu hängen und sie liegen zu lassen.

Natürlich wußte er alles über den Graustein – daß er viel Macht besaß, zum Guten wie zum Bösen. Seit seiner Kindheit hatte er den Schlag desselben Pendels in sich gespürt. In seinem Körper lebte jemand, der den Tod eines Elfen anordnen konnte, um sich dann mit dem Kind der mißbrauchten Frau dieses Elfen anzufreunden. Um dann das Kind zu töten, als es erwachsen war.

Er bemerkte unten eine Bewegung und lehnte sich über das Geländer. Die Trommeln schlugen laut, und die Trompeten erschollen; das war der Zeitpunkt der Zeremonie, wo Gilthanas in seiner traditionellen, grauen Robe durch den Eingangssaal des Sonnenturms kommen, zu einer kleinen Tür hinten im Turm gehen und durch diese Tür verschwinden sollte. Dahinter würde Porthios am Ende des *Yathen-Ilara*, des Pfads zur Erleuchtung, auf ihn warten.

Ach, Miral hatte diese höllischen Elfentraditionen so satt. An die einfachsten Überlieferungen hielten sie sich, während sie die wichtigste, die Qualinesti einmalig rein machte, abzuschaffen drohten. Er würde … Miral verwarf den Gedanken und versuchte, sich wieder auf den *Yathen-Ilara* zu konzentrieren.

Dort würde das heutige Fest zu Ende sein, denn Gilthanas war tot.

Das war sein, Mirals, Spiel mit den Adligen, mit Porthios und besonders mit der Stimme. Ein letzter Streich, bevor sie starben. Der Magier stellte sich vor, wie sie alle in ihren golddurchwirkten Festkleidern dastanden und warteten. Sie glaubten so fest an ihren Reichtum, ihren Status, ihre Überzeugung, daran, daß sie das alles irgendwie verdient hätten. Sie würden sich fragen, wo Gilthanas war. Irgendwann würden sie unruhig werden und sich flüsternd umschauen.

Normalerweise hätte Gilthanas an der kleinen Tür gewartet. Damit hätte das eigentliche *Kentommen* begonnen, wo Solostaran die Zuschauer mit den uralten, vorgeschriebenen

Worten begrüßen sollte, um ihnen zu erklären, daß er im Hain ein Kind verloren hätte und nun ohne Erben wäre. Die drei *Ulathi* wären – immer noch maskiert – vorgetreten und hätten ihre Zeilen gesprochen. Der Gong hätte Gilthanas in den Korridor geschickt, wo er Porthios ins Erwachsenenleben geschickt hätte. Porthios hätte von der Stimme einen Kelch mit dunkelrotem Wein gereicht bekommen, der Solostarans reines Blut symbolisierte – und Porthios förmlich zum Erben erklärte. Und von diesem Moment an hätte man Porthios offiziell als Erwachsenen angesehen.

Miral lachte. Anstelle dieses ganzen Firlefanzes, den die Elfen so liebten, würde Miral aufstehen und Porthios aus dem heiligen Korridor zu den anderen herausrufen, um dann die Worte zu sprechen, die alle Türen versiegeln würden. Damit würde es aus sein mit der Zeremonie.

Und mit ihrem Leben. Und wenn alle tot waren, würde er die Stimme sein.

Wieder schlugen die Trommeln. Miral lehnte sich vor, um seinen Gesang anzustimmen. Dann hielt er sprachlos inne.

Gilthanas hatte den Turm betreten.

Kapitel 17

Der Mörder wird gestellt

Miral war wie erstarrt, als die Gestalt in der grauen Robe den Turm betrat. Das Murmeln der Gäste verstummte, und die Zuschauer sahen erwartungsvoll zu, wie Gilthanas am inneren Rand des Turms entlang lief.

Aber Gilthanas ist tot, schrie es in dem Magier.

Irgend etwas an Gilthanas war jedoch verändert, dachte er. Der Mann wirkte größer; die Robe saß etwas stramm um seine Schultern. Die Gestalt in der Robe sah eher Tanis ähnlich als Gilthanas.

Aber Tanis war doch auch tot.

Mirals Blick folgte der grauen Robe, die mit geschmeidigen

Bewegungen zum richtigen Portal rannte, um dann dort zu warten.

Solostaran kam in seinen gold-grünen Gewändern aus einem Nebenraum und ging quer durch den Saal zum Podium. Feierlich stieg er die Stufen zur Plattform hoch und drehte sich der Menge zu, um die kleine Rede zu halten, die seit zweitausend Jahren alle Eltern beim *Kentommen* eines Kindes sprachen.

»Dieser Tag ist für mich voller Leid«, sagte er schlicht in der alten Elfensprache. »Ich habe ein Kind verloren.«

Oben auf dem Balkon erfaßte Miral plötzlich das Komische der Situation. Schweigend schüttelte er sich vor Lachen. Was wußte Solostaran schon, dachte er. Der Magier beschloß, die Farce noch etwas weitergehen zu lassen. Wer weiß, mit was für anderen unwissentlich absurden Sprüchen die Stimme noch kommen würde?

Solostarans Raubvogelgesicht war ernst, als er fortfuhr: »Ich habe im Hain ein Kind verloren. Darum habe ich keinen Erben. Kann mir jemand Trost spenden?«

Auf dem ersten Balkon, direkt unter Miral, ertönten Trommeln. Er hörte, wie sich weit unten eine Tür öffnete und drei maskierte Elfen in schwarzen Seidenhosen, entsprechenden Umhängen und schwarzen Lederhandschuhen heraustraten. Die *Ulathi*.

»Wir haben ein Kind gefunden«, sagte der erste.

»Er ist reinen Herzens«, sagte der zweite.

»Dieses Kind ist ein leeres Gefäß, das gefüllt werden kann«, sagte der dritte.

Alle gleichzeitig sprechen: »Wir haben ein Kind gefunden, das dein Erbe sein soll und der deines Geschlechts.«

Der Gong erklang. Gilthanas stieß die Tür auf und verschwand dahinter. Dann schloß sich die Tür.

* * *

Als Tanis aus dem grellen Licht des Turms plötzlich in die fast völlige Finsternis trat, mußte er blinzeln. Er konnte die Kerzenflamme flackern sehen, doch Porthios' Gestalt war nur ein unscharfer Umriß in der Dunkelheit. Die Medaille, die Flint gemacht hatte, glänzte im Kerzenschein.

Er mußte näher an Porthios heran. Was hatte Gilthanas noch für Worte gesagt? Tanis überlegte angestrengt.

»Ich bin deine Kindheit«, deklamierte er, wobei er versuchte, seine Stimme so hell wie die von Gilthanas klingen zu lassen. »Laß mich zurück. Die Nebel sind vorbei –« Das klang nicht richtig, aber er tat sein Bestes. »Geh in deine Zukunft.«

»Gilthanas!« sagte Porthios entsetzt. »Sag die richtigen Worte – und zwar in der alten Sprache!«

Tanis zögerte.

»Hast du sie vergessen?« zischte Porthios. »Hör zu.« Der Sohn der Stimme wiederholte die korrekten Worte in der alten Sprache. »Sag es.«

Tanis zögerte immer noch. Porthios kam näher, wie Tanis es gewünscht hatte.

Einen Augenblick lang spielte Tanis mit dem Gedanken, seinen Cousin mithilfe seiner Körperkraft zu überwältigen. Er hatte Porthios schon einmal ins Gesicht geschlagen, vor langer Zeit im Hof des Palasts. Damit war die einzige Prügelei der beiden Cousins in ihrem ganzen Leben losgegangen. Und die hatte ihm auf Jahre hinaus Porthios' Feindschaft eingebracht.

»Porthios«, sagte er mit unverstellter Stimme. »Hör mir zu. Geh nicht durch diese Tür.«

»Tanthalas!« Auf Porthios' Gesicht malte sich der Schreck. »Wo ist Gilthanas? Was hast du –?«

»Hör zu!« zischte Tanis. »Wenn du irgend etwas bei deiner Wache im Hain gelernt hast, dann hör mir jetzt zu.«

Sein Cousin trat zurück und schien bewußt eine unbewegte Miene aufzusetzen. Er atmete einmal tief durch. »Was ist, Tanis?« fragte er mit ruhiger Stimme.

»Es ist eine Verschwörung im Gange, bei der du und die Stimme getötet werden sollen.«

»Die Stimme? Geht es meinem Vater gut?«

»Ja, sicher. Ich bin hier, um den Mörder aufzuhalten.«

»Du?« Porthios lachte kurz, doch sein Gesicht war überraschend freundlich. »Tanis, du bist doch noch ein Kind …«

Tanis redete hastig, denn er wußte, daß die Zuschauer vor der Tür unruhig werden würden. Das Schlimmste, was jetzt geschehen konnte, war, daß jemand die Tür aufmachte und hereinsah. »Porthios, derselbe, der Xenoth und Eld Ailea umgebracht hat, ist hinter dir, der Stimme und Laurana her. Ich weiß es.«

»Woher weißt du das?«

Tanis überlegte. Er hatte keine Zeit mehr, Porthios zu überzeugen. Er konnte die Situation mit Gewalt beenden, doch sein Elfenblut sträubte sich dagegen, einen jungen Mann während seines *Kentommen* niederzuschlagen, egal aus welchem Grund.

Aber er konnte lügen.

»Porthios«, sagte Tanis. »Gilthanas ist tot.«

Es gab eine Pause. Porthios verzog keine Miene.

»Der Mörder hat auch ihn erwischt. Porthios, wenn du und Laurana und die Stimme umkommen, stürzt dieses Reich in ein Chaos.«

Porthios hatte offenbar Schwierigkeiten, alles zu verdauen, was er gerade gehört hatte. Tanis litt mit ihm, weil er an seinem Schmerz mitschuldig war. »Ich habe einen Plan, Porthios.«

Die Antwort kam ruhig: »Welchen?«

»Hör zu«, sagte Tanis. »Ich bin nicht so wichtig …«

* * *

Flint blickte in den Spalt in der Eiche, der ihm vor ein paar Monaten das Leben gerettet hatte. Zu Flints Erleichterung hatte sich der Baum inzwischen wieder geöffnet. Er betrat die Höhle. Windsbraut folgte ihm auf den Fuß, ohne daß Flint sie beachtete.

»Wie bin ich letztes Mal durchgekommen? Was habe ich gemacht?« murmelte er, während er mit einem brennenden Holzscheit in der Hand knöcheltief im trockenen Laub stand. »Die Rune.« Er sah nach unten. »Der Boden des Baums hat Feuer gefangen. Vielleicht war es das.« Er dachte nach. »Nun, wenn ich mich irre, komme ich eben in den Flammen um.«

»Na, schön«, sagte er und berührte die Blätter mit der Fackel.

Flammen loderten auf.

* * *

Miral rannte den zweiten Balkon entlang, um die Wendeltreppe zum Erdgeschoß hinunterzulaufen. Gilthanas war schon viel zu lange in dem Korridor. Etwas lief nicht nach Plan. Er tobte innerlich.

Als er die Tür zum Treppenhaus erreichte, hörte er entsetzte Worte in der Menge und drehte sich um.

»Porthios kommt bewaffnet!«

»Was?«

»Zum *Kentommen* kommt der junge Elf nie bewaffnet!«

»Was hat das zu bedeuten?«

Solostaran erbleichte, als er die Gestalt anstarrte, die er für seinen Sohn und Erben hielt, doch er konnte sich beherrschen. »Porthios«, befahl er. »Sag mir, was das soll.«

»Es ist ein Mörder im Turm«, schrie Tanis und fegte sich die Kapuze vom Gesicht.

Wieder brachen die Adligen in erschrockene Rufe aus, während sich die Menge unwillkürlich teilte und Tanis mit dem Schwert in der Hand hindurch eilte. Mit einem Sprung war er auf dem Podium neben der Stimme.

»Tanthalas!« schrie Miral von oben. »Aber du bist doch tot!«

Der Junge fuhr zu dem Magier herum. Tanis' Blick traf sich mit dem von Miral, und der Magier sah den Schmerz in den Augen des Halbelfen. »Woher weiß du das, Zauberer?« gab er zurück.

»Wachen!« donnerte Tyresian.

Tanis hielt sein Schwert hoch. Elansas Amulett glitzerte wie eine kleine Sonne. »Der Zauberer hat schon zweimal getötet, und heute will er noch mehr Morde begehen.« Er zeigte mit dem Schwert auf Miral.

Miral bekämpfte einen Lachanfall angesichts des Chaos unter ihm. Gab es einen besseren Zeitpunkt für seinen letzten Spruch? Er begann zu singen.

»Bei den Göttern«, bellte Tyresian. »Der Halbelf hat den Verstand verloren. Und der Zauberer auch. Wachen!«

»Tanis, wo ist Porthios?« kam Lauranas schriller Schrei. »Und Gilthanas?«

Tanis hatte keine Zeit zu antworten. Er drängte sich durch die Adligen zur Treppe. Schwarzgekleidete Palastwachen strömten in den Turm, erkannten jedoch nicht gleich, daß es der Halbelf war, den Tyresian festnehmen wollte. Tanis schlüpfte zwischen ihnen durch, warf sich gegen die Tür zur Treppe und nahm immer drei Stufen auf einmal.

Als wenn die Worte in seinem Kopf dröhnten, hörte Tanis, wie Miral mit seinem Spruch fortfuhr. Über ihnen knirschte die Spitze des Turms.

Plötzlich erschien vor ihm auf den Stufen Eld Ailea.

Tanis warf sich gegen die Wand der ersten Empore.

»Ailea!« rief er. »Du bist nicht tot.« Sie sah ihn an und lächelte.

Dann war es plötzlich nicht mehr Ailea, sondern Xenoth, der laut lachte und spöttisch auf den Halbelfen zeigte. Tanis hielt das Schwert vor sich und kämpfte gegen die Panik an, die in ihm aufstieg.

Xenoth verwandelte sich in einen Elfen mittleren Alters mit

schmalem Gesicht und reinblauen Augen. Sein Arm stützte eine blasse Frau mit langen, weizenblonden Locken und braunen Augen. Sie sah Tanis an, hob schwach eine Hand und flüsterte: »Tanthalas, mein Sohn.«

Tanis stand reglos da. Das Herz schlug ihm bis zum Hals, denn die Qual dieses Moments drang tief in ihn ein. Dann riß er sich los und schrie: »Das ist Zauberei!« Die beiden Gestalten lösten sich schimmernd in Luft auf.

Er stürmte durch den Platz, wo sie gestanden hatten. Kalte Luftfinger streiften seinen Arm, als er vorbeirannte.

»Miral!« schrie er, als er auf den zweiten Balkon sprang.

Drei Mosaikteilchen lösten sich und stürzten in die wimmelnde Elfenmenge. Ein dünner Riß tat sich in der Spitze des Turms auf.

In diesem Augenblick erschienen mit einem Donnerschlag Flint und Windsbraut auf dem Podium.

»Arelas!« brüllte der Zwerg. Seine Stimme hallte durch den Turm. »Arelas Kanan!« Er zeigte mit dem Hammer auf den Magier.

Mirals Singsang wurde langsamer und brach ab. Mit erhobenen, allmählich schweißnassen Händen hielt er den Spruch auf und sah auf Flint hinunter. Plötzlich war es im Turm totenstill bis auf das leise »Pling« der Mosaikteilchen, die von oben herabregneten. Die Luft roch nach Stein und Gips.

»Arelas?« sagte die Stimme zögernd. »Mein Bruder?«

»Dein Bruder ist nicht gestorben, Stimme«, sagte Flint. »Nicht Arelas. Er kam als Miral zu dir.«

Das Maultier schrie und zerstörte damit Flints Bann, woraufhin Miral seinen Gesang wieder aufnahm. Ein Stöhnen, wie in Todesqual, kam von dem Riß zwischen den Mosaiken von Tag und Nacht in der Spitze des Turms.

»Er hat Lord Xenoth umgebracht, weil der herausgefunden hatte, wer er wirklich war«, schrie Flint mit zornbebender

Stimme. »Aus dem gleichen Grunde mußte Eld Ailea sterben. Und jetzt will er dich und deine Kinder töten!«

Mir erstaunlicher Ruhe drehte sich die Stimme einfach zu Miral – zu Arelas – um und fragte: »Warum?«

Als dieser auf sie herab sah, spürte er die Wut, die er seit fast zweihundert Jahren in sich trug. Er nahm die Arme herunter und hörte auf zu singen. »Sie haben mich weggeschickt, Solostaran!« brüllte er. »Sie haben mich aus Qualinost weggeschickt!«

»Du lagst im Sterben, Arelas«, erwiderte die Stimme. »Jedenfalls glaubten wir das.«

»Ich war immer der Begabtere, Solostaran«, schrie Arelas. »Ich hätte die Stimme sein sollen. Ich werde die Stimme sein! Und ich werde Qualinesti für die reinen Elfen bewahren. Jetzt, wo ich die Macht des Grau –«

Ein Teil einer Marmorsäule, die den ersten Balkon trug, zerbarst, weil Arelas' Zauber sie geschwächt hatte. Die Steinsplitter schossen in den Saal, wo die Adligen auseinander stoben. Arelas verzog das Gesicht, warf die Hände hoch und schickte einen Blitz zum Podium. Flint warf sich gegen Solostaran und stieß die Stimme vom Podium. Tyresian warf sich über Laurana, die dadurch in den relativ sicheren Bereich unter dem Balkon rollte. Ein Marmorblock krachte auf den Elfenlord herab, und Laurana schrie auf.

Porthios brach aus dem *Yathen-Ilara.*

»Arelas!« schrie Tanis wieder und erhob sein Schwert.

Aber der Magier lachte. »Daraus wird nichts, Tanthalas! Gegen mich hat dein Schwert keine Macht.« Er breitete die Arme aus und tanzte höhnisch ein paar Schritte. »Ich habe es nämlich verzaubert, zur selben Zeit, wo ich jene Pfeilspitzen verzaubert habe, die du so trefflich gegen den Tylor und Lord Xenoth verwendet hast.« Das Lachen wurde zu einem hustenden Spruch, und Tanis sah seine Chance. Er sprang zu Arelas hin und schlug zu.

Doch sein Schwert prallte von etwas in der Luft ab und fuhr einfach über den Kopf des Magiers hinweg. Arelas nahm die Arme hoch, kehrte dem Elfen betont den Rücken zu und sang weiter. Ein weiteres Stück Mosaik fiel herab.

Arelas lehnte sich über den Balkon. Einen Arm streckte er nach hinten aus, als wenn er einen weiteren magischen Feuerstuhl auf die Zuschauer schleudern wollte.

Tanis versuchte es erneut. »Miral! Arelas! Gilthanas lebt.«

Tanis sah, wie Porthios' Kopf herumfuhr. Das Gesicht seines Cousins leuchtete auf vor Hoffnung, als er hörte, daß sein kleiner Bruder nicht tot war. Arelas drehte sich mit schrecklicher Miene um. Aus seinen Augen war jede Farbe gewichen.

»Er lebt?« fragte der Zauberer nach.

Obwohl sein Schwert gegen Arelas anscheinend nutzlos war, hielt Tanis es weiter vor sich. »Gilthanas steht in der Erbfolge über dir, Arelas«, schrie der Halbelf. »Du wirst nicht Stimme, egal, was du heute hier machst.«

Arelas bebte, als ob er am Rande des Abgrunds taumelte. Dann schoß ein Arm nach vorn, und ein Blitz ging gegen den Halbelfen los.

Rein instinktiv erhob Tanis das Schwert. Der Blitz des Magiers traf Elansas Anhänger, der zu flüssigem Stahl zerschmolz. Da zuckte ein zweiter Blitz vom Schwert zum Magier zurück, welcher getroffen aufschrie und vom Balkon stürzte.

Sein Körper ging in Flammen auf, noch bevor er den Boden des Turms erreichte.

Epilog

A.C. 308, Spätsommer

»Aber woher hatte er die Kraft?« fragte Tanis wieder.

Flint schüttelte den Kopf. Es gab natürlich Gerüchte, Legenden von einer enormen Quelle chaotischer Macht, die tief in den Höhlen unter Qualinost verborgen sein sollte, doch der Zwerg war nicht dazu aufgelegt, Legenden zu rezitieren.

Er bestellte Bier für sie beide. Der Wirt vom Wirtshaus »Zur Letzten Bleibe« brachte ihnen die schäumenden Krüge an den Tisch, und Flint seufzte. »Ach, Junge, danach habe ich mich gesehnt. Ein richtiger Tisch in der Ecke von einem gemütlichen

Wirtshaus. Richtiges Bier, das so wirkt wie ein Tritt von Windsbraut.«

Aber Tanis blieb beim Thema. Sie hatten es in den letzten drei Wochen bis zum Erbrechen durchgekaut, verstanden hatten sie aber immer noch nicht richtig, was geschehen war.

»Miral – Arelas – hat so viele Leute umgebracht, bloß weil man ihn als Kind aus Qualinost weggeschickt hat? Flint, das ist kein Grund.« Der Halbelf spielte mit seinem Krug und betrachtete den nassen Kreis auf dem Holztisch.

Der Zwerg nickte. »Ich weiß, Junge. Hinter dem Ganzen steckt eine Macht, eine, über die wir nichts wissen. Aber es gibt Geschichten, die es erklären könnten.«

»Der Graustein? Das ist doch ein Mythos, Flint«, sagte der Halbelf mit ausdrucksloser Stimme. Er war nicht so leicht zu überzeugen.

Flint schüttelte den Kopf und erhob seinen Krug. Dann schnalzte er mit der Zunge. Fünf Tage in Solace, und immer noch war ein Krug gutes Bier wirklich etwas Feines.

»Flint.«

»Was jetzt?« knurrte der Zwerg.

Tanis drängelte. »Das Amulett hat mir das Leben gerettet. Warum hat es meine Mutter nicht gerettet? Es hat doch ihr gehört.«

Auch das hatten sie in den letzten Wochen oft genug unterwegs besprochen, während Flint auf Windsbraut dahinschaukelte und Tanis weich auf Belthar thronte. »Ich glaube nicht, daß es schon verzaubert war, als Elansa es noch hatte, Tanis. Ich glaube, da hatte Ailea ihre Hand im Spiel.«

Bei der Erwähnung von Ailea wurden die Freunde bedrückt.

»Aber ich dachte, sie könnte nur ein paar Illusionen, Zaubertricks für Kinder«, widersprach Tanis. »Und ein paar Sprüche, die bei Geburten nützlich sind. Nichts Großartiges.«

»Wir dachten auch, Miral wäre nur ein kleiner Zauberer.«

Tanis nickte und schwieg eine Weile. Dann kam ihm ein

neuer Gedanke. »Der Zauberer hat sie alle getötet – Kethrenan, Elansa, Xenoth, Ailea. Auch Tyresian, der Laurana vor dem Marmorblock gerettet hat. Und wozu? Damit Arelas alle Erben zwischen sich und dem Amt der Stimme ausschalten konnte. Hat er denn geglaubt, er könnte aus den Trümmern des Turms spazieren und verkünden, er sei in Wirklichkeit Arelas und deshalb mußten sie ihn zur Stimme machen?«

Flint sah Tanis finster an. »Ich nehme an, er hätte einen Weg gefunden.« Oder vielleicht der Graustein, setzte er für sich selbst hinzu.

»Aber ...«

Flint schob dem Halbelfen das Bier hin. »Gib's auf, Junge. Manche Dinge mußt du einfach hinnehmen. Arelas erschien es machbar.« Als Tanis den Mund aufmachte, hielt Flint eine Hand hoch. »Schluß jetzt damit.«

Sie saßen eine Zeitlang schweigend da. Dann erhob Flint wieder seinen Krug. »Einen Toast«, sagte er.

Einen Toast abzulehnen war eine Beleidigung. Tanis legte seine Hand um den Griff seines Krugs. »Einen Toast«, wiederholte er.

»Auf Ailea.« Sie sahen sich an und stießen die Krüge aneinander. »Und auf neue Freunde«, fügte Flint hinzu.

Tanis lächelte.

»Auf die Freunde«, stimmte der Halbelf zu.